KB001035

보행 연습

보행 연습

돌기민 장편소설

은행나무

차례

56km

오늘은 아침 일찍 출근하는 날입니다. 그리 자주 있는 일은 아니에요. 그 사람이 오전에만 집이 빈다고 해서요. 여러모로 조건이 좋아서 그를 놓칠 수 없습니다. 물론 그의 신체적인 조건을 말하는 겁니다. 나는 그가 어떤 사람인지 잘 모릅니다. 즐겨 먹는 음식, 좋아하는 색깔, 요즘 듣는 음악. 모두 내 관심사가 아니에요. 고작해야 채팅창으로 몇 마디 말만 주고받다 약속을 잡은 것뿐입니다. 반반하게 생긴 27세 남성이고 키는 173cm, 몸무게는 65kg입니다. 그리고 좆 길이가 18cm를 넘는다고 했습니다. 내가 가진 정보는 이것뿐입니다. 아, 하나 더 있습니다. 그는 16층짜리 아파트 꼭대기에 살아요.

지하철을 타고 거길 찾아가는 중입니다. 자리에 얌전하게 앉아 있어요. 얼마나 다행인지 몰라요. 너무 기뻐서 눈물을 찔끔 흘릴 것 같습니다. 벌떼처럼 득시글거리는 인간들 틈에 끼어 손잡이에 대롱대롱 매달린 채 실려가는 처지는 아무리 좋게 생각해도 역겹, 거든요. 지금처럼 컨디션이 저조한 날에는 두 다리만으로 중심을 잡기가 더욱 힘듭니다. 그래도 버스보단 지하철이 훨씬 나아요. 버스에서는 넘어지지 않는 게 기적입니다. 버스는 나를 철창에 가두고 막무가내로 뒤흔듭니다.

내가 이곳에 정착한 지 2, 3년 정도 됐을 때였던가요. 나는 딱히 갈 곳도 없으면서 늦게까지 길거리를 돌아다니다가, 아무 성과 없이 지쳐버린 몸을 질질 끌고 버스정류장으로 갔습니다. 아니, 무작정 가야만 했습니다. 버스 타고 집에 갈 계획이 없었는데도요. 당시에는 지하철이 끊기는 줄 몰랐습니다. 그리고 인간이 택시를 잡는 모습을 몇 번 보긴 했지만, 막상 시도해보려니 두려움이 앞섰습니다. 기사가 볼 수 있도록 한쪽 팔을 들어올리기가 몹시 부담스러웠어요. 누가 내 팔의 생김새를 빤히 쳐다본다니 상상만 해도 머리털이 곤두서던 시절이었습니다. 솔직히 지금도 같은 이유로 택시를 못 탑니다. 실제로 택시를 한번 타보려고 큰맘 먹고 도로 쪽으로 손을 내밀었다가 팔뚝에서 발톱이 돋는 바람에, 눈이 휘둥그레진 기사가 핸들을 꺾어 도망친 적이 있어요. 나는 택시에서 영영 도망쳤습니다.

그런데 버스에는 가파른 계단이 있더군요. 그땐 저상버스가 도입되기 전이었어요. 예상보다 훨씬 턱이 높아서 내가 과연 올라갈 수 있을까 걱정했습니다. 이전까지 연습 대상으로 삼았던 계단들은 하나같이 디딤판과 챌판이 자잘했거든요. 나는 어쩔 수 없이 가까스로 중력을 이겨내고 버스 안으로 들어갔습니다. 뻐대가 폭삭 무너지는 줄 알았습니다. 그래도 나름대로 성취감을 느꼈어요. 이제 교통비를 지불하고 빈자리를 물색하는 일만 남았다고 생각했습니다. 하지만 잠시 숨을 고를 틈도 없이 버스 기사가 가속 페달을 밟았고, 나는 뒤쪽으로 굴러

가 좌석 밑에 처박혔습니다. 먼지와 땀과 피가 엉겨붙었습니다. 너무 놀라 꼼짝도 못했습니다. 수치심을 느낄 여유도 없었어요. 기사는 듣도 보도 못한 욕설을 퍼부었고 승객들은 나를 실컷 비웃었습니다. 그들은 나를 돕지 않았어요. 내 촉수를 잡고 일으켜 세워줄 의향이 조금도 없었습니다. 나는 연민을 느끼기 어려운 몰골이었습니다. 사람다운 형태를 유지하는 고도의 집중력이 흐트러지고 말아서, 팔다리가 뒤틀리고 몸통이 풍선처럼 부풀었거든요. 다들 이렇게 생각했을 겁니다. 네가 조금만 덜 역겨웠다면 발 벗고 나서서 도와줬을 텐데. 그 후로 어떻게 집을 찾아갔는지는 기억나지 않습니다. 피부에 박힌 가시가 뽑히듯 기억의 파편이 제거된 것 같았어요. 눈을 뜨니 어두컴컴한 거실 바닥에 널브러져 있었습니다. 옷과 신발은 내 체형을 견디지 못해 차에 깔려 죽은 고양이 시체처럼 터진 지 오래였고, 나는 당장이라도 살인을 저지를 만큼 배가 고팠습니다.

지금도 배가 고프군요. 축축하고 지린내 나는 지하철

환경을 감내하며 그에게 가는 데에는 그만한 이유가 있습니다. 나는 허벅지에 올려놓은 큼직하고 투박한 등산 배낭을 꼭 껴안았습니다. 윤기가 흐르고 반짝거리는 도구들을 가지런히 정리해 배낭에 넣어두었습니다. 배고픔을 해결해줄 녀석들입니다. 지하철이 흔들릴 때마다 들리는 절그럭절그럭 소리에 귀를 기울이다 보면 잠시나마 허기를 잊고 마음이 한결 편안해져요. 창밖에서 후드득 떨어지는 빗소리를 가만히 들을 때처럼 졸음이 몰려오기도 합니다. 나는 얕은 잠에 빠져듭니다. 객실을 가득 채운 승객으로 인한 부담감이 서서히 희미해집니다.

배낭이 앞으로 넘어져 잠에서 깼습니다. 쿵, 하고 둔탁한 소리가 났어요. 사람들은 눈을 흘기며 못마땅한 표정을 지었습니다. 소음의 대수롭지 않은 원인을 파악하고 나서야 다시 자기 일에 집중했습니다. 배낭을 허벅지 굴곡에 맞게 고정하는 동안, 나는 미처 헤아리지 못한 변수를 떠올렸습니다. 당신. 당신은 내 성별이 무엇인지 궁금한가요. 어쩌면 불안을 조금 느끼는지도 모르겠습니다. 혹시 내가 한 말이나 말투에서 단서를 모조리 찾아 화자의 성별을 알아맞히려고 몸부림쳤나요? 그래서 그것이 실제로 맞든 틀리든 간에, 어떤 결론에 도달했는지?

내 의지와 무관하게 이곳에 던져지고 아등바등 목숨을 부지하면서, 거의 모든 사람이 누구를 만나건 일단 상대방의 성별을 고려한다는 사실을 깨달았습니다. 성별을 알아내고 나서야 상대방을 동등한 존재로 대할지 말지 결정하는 것 같았어요. 성별 구분은 의심의 여지없이 너무 빠르게 이루어져 그 과정을 세세히 의식하기 어렵습니다. 하지만 어렴풋이 인지하기도 해요. 타인의 성별이 불확실한 경우에. 시야에 들어온 존재가 여자인지 남자인지 단숨에 판단할 수 없으면—다시 말해 판단의 근거가 충돌하면—그들은 금방 초조해집니다. 그들의 폐쇄적인 인식 체계로는 그의 몸(짓)을 도저히 해독할 수 없을뿐더러 어떻게 대해야 할지—이를테면 어떤 호칭으로 불러야 할지—결정하기가 곤란하기에.

당신은 성별 맞추기 게임의 숙련자입니다. 뛰어난 능력을 부정할 생각은 없습니다. 아주 어릴 때부터 옷으로 몸을 가린 사람들의 가려지지 않은 나머지 특성으로, 그들의 성기 모양과 그에 대응하는 성별을 추측하며 살았을 테니까요. 항상 정답을 맞혔다고 확신하면서. 하지만 당신이 저지른, 앞으로도 저지를 실수를 인정하지 않는 게 문제입니다. 이 게임을 시작한 것 자체가 실수임을 아무도 모릅니다.

아, 미안합니다. 여태 내 성별을 밝히지 않아서 당신이 불안에 떨도록 내버려두었군요. 잔인하기도 하지! 그럼 이제 불안을 해소해드리겠습니다. 지금 막 해소해드릴 참입니다. 해소해드릴까요? 하하하, 해소해드리겠습니다, 해소해드리고말고요. 나는

여자

입니다. 적어도 지하철을 타고 그 사람 집에 가서 일

을 처리할 때까지는 여자일 것입니다. 내가 여자라니 무슨 뜻일까요? 여자처럼 꾸미고 행동해야 한다는 의미입니다. 누가 시키지도 않았는데, 나는 기꺼이 의무를 짊어집니다. 내게 주어진 역할을 제대로 수행하지 못하면 한낱 괴물 나부랭이로 취급받으니까요. 괴물이 되지 않게 노력하기. 여기에 나의 일과 생존이 걸려 있습니다. 듣고 있습니까? 내 말에 주목해주세요. 나는 순전히 먹고사는 문제를 얘기하는 겁니다. 나는 여자—때에 따라서는 남자—가 되지 않으면, 굶어 죽을 수밖에 없습니다. 그냥 살아 있는 것만으론 배고픔을 해결하기 어렵습니다. 우리는 언제나 뭔가를 더 해야만 합니다. 버스와 지하철에서 두 발로 중심을 잡아야 한다거나, 여자가 되어야 한다거나…….

으음, 이제 슬슬 내릴 때가 됐습니다. 지하철에는 사람이 너무 많습니다. 쓸데없다 느낄 정도로요. 이것들은 전부 밤새 어디에 처박혀 있다가 해가 뜨자마자 고개를 내밀고 밖을 싸돌아다닐까요? 하루라도 발을 놀리고 입을 나불거리지 않으면 몸이 굳어버리나 봐요?

그나저나 이번 역에서 승객이 충분히 빠져나가지 않을까 봐 조마조마합니다. 나는 자주 두려움에 시달립니다. 출입문에서 멀리 떨어진 좌석에 앉아 있으면 더더욱 그래요. 인적이 드문 숲처럼 빽빽하게 들어찬 사람들을 뚫고 지나갈 자신이 없습니다. 그리고 잠시만요, 내릴게요,라는 말을 내뱉을 엄두가 나지 않습니다. 초조한 상태일 때 내 목소리는 닭의 울음처럼 갈라지고 맙니다. 인간답지 않은 괴성으로 변질돼요. 성대의 떨림, 입과 혀의 움직임에 몰두해 인간의 목소리 비슷한 것을 입 밖에 낸다 해도, 의도했든 의도하지 않았든 사람들이 내 말을 무시하고 길을 비켜주지 않으면 나는 꼼짝없이 열차에 갇히게 됩니다. 이런 상황이 반복되면 제시간에 남자를 만날 수 없을 것이고, 설령 그가 아량을 베풀어 약속 시간을 어긴 잘못을 눈감아준다 하더라도, 다음 일정이 지나치게 틀어질 겁니다. 나는 오늘 하루를 망쳐버릴지도 모릅니다. 아, 나는 지금 너무 겁이 납니다! 미안합니다. 내가 칭얼거리는 소리를 당신이 애써 들을 이유는 눈곱만큼도 없는데. 하지만 부디 끝까지 견디면 좋겠습니다. 나는 당신과 무관한 존재, 그러니까 지구에서 600만 광년 떨어진 얼음 행성에 사는 외계 생명체가 아닙니다. 나는 바로 당신 곁에 있어요.

출입문이 열렸습니다. 지방으로 막힌 혈관이 뚫리듯 승객들이 시원하게 꺼져주고 있습니다. 어쩌면 그들을 열렬히 사랑할 수도 있겠습니다. 나는 쓸데없는 망상을 얼른 제쳐두고 경미한 현기증을 느끼며 출입문을 통과했습니다. 출입문은 9년 전 실수로 내 옆구리를 모질게 깨문 적이 있습니다. 그는 나에게 사과하지 않았고, 나는 아직도 그를 용서하지 않았습니다. 그래서 내 현기증은 만성이고 앞으로도 만성일 것입니다. 그래도 상관없습니다. 내가 원하는 역에 무사히 하차했는데 현기증 따위가 문제일까요? 아닙니다. 그건 전혀 문제가 되지 않습니다. 문제는

140여 개에 달하는 계단

입니다. 지하철을 갈아타려면 꼭 내려가야만 하는 저 계단은, 나를 죽일 듯이 노려보고 있습니다. 여기엔 나를 구원해줄 엘리베이터가 없습니다. 사람들은 되도록 황급하게 계단을 내려가면서, 본의 아니게 나를 지옥 같은 구덩이로 몰아넣었습니다. 평상시라면 숨이 가빠지고 발바닥이 조금 짓무르긴 하겠지만 비교적 가뿐하게 계단을 이용할 수 있었을 겁니다. 그런데 오늘은 금방이라도 천둥 번개가 치고 장대비가 쏟아질 것처럼 날씨가 잔뜩 흐립니다. 궂은 날씨는 나에게 치명적이에요. 중력이 나를 여섯 배쯤 강하게 끌어당깁니다. 그래도 방법이 없지는 않습니다. 나는 직진하는 인파를 조금씩 조금씩 대각선으로 헤치며 오른쪽 벽에 달린 손잡이를 붙들었습니다. 몇 사람의 발을 밟고 어깨를 쳤는지 모르겠지만 괜찮습니다. 내 목숨이 최우선이에요. 저들은 나처럼 연약한 새끼가 살짝 밀치고 지나가면 입에서 욕지거리가 튀어나오고 몸의 균형이 다소 흐트러질 뿐, 계단 밑으로 떨어져 머리가 깨질 일은 없을 겁니다. 나는 머리를 깨트리고 싶지 않습니다. 계단에서 수없이 넘어져도 아직 깨지지 않았지만, 내 머리통의 생사를 오로지 운에 맡기고 싶은 생각은 추호도 없으니까요. 잊어버렸을까 봐 얘기하는데, 나는 커다란 배낭까지 메고 있습니다. 무게는 못해도 10kg은 될 겁니다. 내가 이제껏 납작하게 다져지지 않고 악착같이 버텼다니 신기할 따름입니다. 바퀴 달린 여행 가방이 더 나을까요? 글쎄요, 잘 모르겠습니다. 어쨌든 당신의 진심 어린 응원과 튼튼한 손잡이 덕분에 매끈한 바닥에 무사히 두 발을 디뎠습니다. 발가락이 녹아 뭉툭해진 발을 복구할 시간이 필요하지만 말입니다. 나는 구석진 벽에 기대 양말을 벗고, 발에서 깜찍한 발가락을 힘주어 꺼내 꼼지락거렸습니다. 여러 번 심호흡한 뒤에 다시 지하철로 뛰어들었어요.

늙은 인간들과 함께 엘리베이터를 타고 지상으로 올라가는 중입니다. 빗소리가 점점 가까워지고 있습니다. 비는 사람을 때리고 싶어 안달합니다. 그러나 나는 비에

게 폭행당할 정도로 멍청하지 않아요. 우산을 활짝 펼쳐 들었습니다. 눅눅한 공기가 코를 찔렀습니다.

지도를 확인하며 앞길을 가로막는 공기를 내 몸의 면적만큼 뚫기 시작했습니다. 때때로 공기는 빈 척하는 데 싫증을 느끼나 봐요. 피부로 암벽을 긁으며 걷는 기분입니다. 사람들은 저마다 우산을 하나씩 들고 철벅철벅 내 곁을 스쳐갑니다. 나도 그들을 성실하지만 어설프게 지나칩니다. 그들은 날씨가 맑을 때보다 주변 사람에게 더 무관심합니다. 빨리 집에 가고 싶어 그런 걸까요. 대체로 앞만 쳐다보고 갑니다. 계속 그렇게 무관심해주세요. 내가 관심받고 싶어 할 때만 관심을 가지세요.

비에 젖은 우중충한 건물도 내게서 멀어집니다. 나도 건물이 귀찮아하지 않도록 자리를 비켜줍니다. 반들반들해진 자동차는 시커먼 빗물을 가르며 미끄러지고요, 신호등은 그를 이따금 제지합니다. 그러나 녀석은 14년 전의 나를 제지하지는 못했습니다. 나는 뭣도 모르고 빨

간불에 도로를 건너다가, 앙증맞은 차에 무자비하게 치이고 밟혔습니다. 그때부터 횡단 자체를 못하게 됐습니다. 덕분에 교통사고로 저승에 갈 확률은 많이 낮아졌어요, 하하.

—어디예요?

메시지가 왔습니다.

—거의 다 왔어요.

서둘러 문자를 보냈습니다. 우산을 잡은 손이 부들부들 떨렸습니다.

—잘 찾아올 수 있겠죠?

—네.

—벨은 누르지 말고 노크하세요.

—알았어요.

아파트 단지에 들어섰습니다. 아파트는 이끼가 낀 것처럼 푸르죽죽했어요. 그리 어렵지 않게 210동을 찾았습니다. 건물이 낡아 군데군데 칠이 벗겨졌지만, 까만 숫

자만은 진하고 또렷했습니다. 시력이 나쁜 나도 쉽게 알아볼 수 있었어요. 나는 210동의 위치를 파악한 순간 심장이 두근거렸습니다. 수십 번을 되풀이해도 도무지 익숙해지지 않는 일입니다. 매번 처음 저지르는 것처럼 식은땀을 흘립니다. 하지만 긴장되는 만큼 임무를 완수했을 때 얻는 쾌감이 강렬합니다. 나는 매일 사소한 실수로 신세 망칠 위험을 무릅쓰고 모르는 사람을 만나러 갑니다. 그래서 나의 일에는 치밀한 계획이 필요합니다. 예상치 못한 사건이 벌어지더라도 발 빠르게 대처해야 합니다. 우산을 접어 물기를 털고, 당당한 발걸음으로 210동 현관을 지나 엘리베이터 앞까지 걸어갔습니다.

열림 버튼을 누르려는데, 새빨간 글자가 눈에 띄었습니다. 실은 너무 작아서 코끝이 닿을 듯 얼굴을 가까이 들이밀어야 했습니다만, 숫자 밑에 표시된 불빛이 무엇을 의미하는지는 이미 알고 있습니다. 엘리베이터의 기능을 점검하는 중이니 계단으로 꺼지거나 하염없이 기다리라는 뜻이었죠. 머릿속을 허겁지겁 뒤졌습니다. 아파트 16층까지 계단으로 올라가야 하는 상황에서 꺼낼 수 있는 기똥찬 전략은 없었습니다. 애꿎은 머리카락만 쥐어뜯다가, 결국 그에게 도움을 청하기로 했습니다. 손가락이 떨려서 문자를 몇 번이나 지웠다 다시 썼는지 몰라요.

—저어, 엘리베이터 점검 중인데요?

—아, 그래요? 몰랐네요. 계단으로 오세요.

이 인간을 물불 안 가리고 갈기갈기 찢어 죽이고 싶은 충동을 간신히…… 억눌렀습니다. 누가 계단의 존재를 모르나요? 그러나 이럴 때일수록 침착하게 움직여야 합니다. 섣부른 행동은 금물이에요. 신중 또 신중. 그것이 나의 오래된 신조입니다. 신조를 잊어버리고 멋대로 움직이다 어떤 비극이 닥쳤는지 아직도 또렷하게 기억하고 있습니다.

—천천히 와요. 기다릴게요.

천천히? 오라고요? 기다리겠다? 이 남자는 비도 오고 기분도 울적한 날에 어디 한번 죽어보고 싶은가 봅니다. 만약 그가 자살 수단으로 나를 선택한다면, 그의 결심을 뼈저리게 후회하도록 만들어주겠습니다. 내가 가하는 육체적 고통이 극심해서 현실의 달콤함에 속아 넘어갈 것입니다. 살려달라고 부르짖는 순간에 숨통을 끊어놓을 것입니다. 어쨌거나 그의 말 같지도 않은 농담을 어떻게 받아들여야 할지 갈피를 잡을 수 없었습니다. 1층까진 바라지도 않고 8층까지만 내려와 나를 업고 집으로 가달라고 부탁하면 어떨까요? 아니, 뒤에서 밀어주기만 해도 적잖은 도움이 될 것입니다. 그것도 아니라면 근처에 있는 모텔에 가자고 제안해볼까요? 좋습니다.

이 새끼는 내 말을 귓등으로도 듣지 않았습니다. 올라오기 싫으면 그냥 오지 말라는 투였어요. 그러니 반드시 그의 집에 가야 합니다. 그가 침대에 드러누워 코딱지 파고 엉덩이나 긁고 있는 방에 쳐들어가야만 해요. 나를 악랄하게 조롱한 이상, 그는 내 손아귀를 벗어나선 안 됩니다. 절대로!

서늘하고 날카로운 계단을 한 발 한 발 오르기 시작

했습니다. 물기를 찾아 뿌리를 뻗는 식물처럼 계단 손잡이에 손가락을 칭칭 감으면서. 그러거나 말거나 계단은 꿈쩍도 하지 않고—에스컬레이터를 반만 닮았다면!—나를 집요하게 공격했습니다. 네가 무슨 수를 쓰든 넌 어차피 나가떨어지게 돼 있어. 계단 새끼가 자신만만하게 조잘댔습니다. 그런데 나는 인정머리 없는 계단뿐 아니라, 땀구멍에서 찔끔찔끔 돋아나는 땀방울까지 상대해야 했습니다. 처음에는 시내의 물줄기처럼 가늘던 땀이 어느새 강과 바다가 되어 온몸을 흠뻑 적셨습니다. 머리카락이 뺨과 목덜미에 쩍쩍 들러붙어 떨어질 생각조차 않는군요. 배낭끈에 짓눌린 어깨는 또 어떻고요. 계단을 박차고 올라갈 때마다 끊어질 것 같은 발목과 무릎 얘기를 꺼내면 입만 아플 뿐이에요.

이 세상에 내 편이라곤 없어요. 내 몸은 나를 배신할 기회를 호시탐탐 노리는 아주 괘씸한 녀석입니다. 나는 이제 똑똑히 알아요. 두 번 다시 속지 않습니다. 평소에는 나를 위하는 척, 오직 나만을 위해 봉사하는 척하지만, 틈만 나면 주인의 뒤통수를 보기 좋게 후려친단 말입니다. 망할 몸뚱이는 고통만 유발하는 거추장스러운 짐짝일 때가 많아요. 위쪽 계단으로 몸을 잡아끄는 내 모습이 참으로 우스꽝스럽습니다.

도저히 안 되겠습니다. 잠시 쉬어 가야겠어요. 층계참에 주저앉아 목구멍 뒤로 넘어가려는 숨을 겨우 앞으로 가져왔습니다. 거친 호흡을 가라앉히고, 배낭을 열어 영롱한 2L짜리 물통을 하나 꺼내 들었어요. 기지개를 켜듯 턱을 활짝 벌려, 물통을 입에다 꽂아버렸습니다. 평생을 물속에서 지내는 생명체도 나만큼 물을 빨리 들이켜진 못할 겁니다. 텅 빈 물통을 배낭에 집어넣는데, 새로운 메시지가 도착했습니다.

—얼마나 올라왔어요?

—6층…….

—땀이 많은 편이에요? 저 땀냄새 싫어하는데. 아, 어차피 여기서 씻으면 되니까 상관없겠네요. 오자마자 씻어요.

—네에…….

아파트 주차장에 자리 잡고 다리를 구부린다. 16층 창문까지 가뿐하게 점프한다. 유리를 깨고 그의 집으로 쳐들어간다. 나는 망할 놈의 모가지를 비트는 상상에 빠져들었습니다. 하지만 죽처럼 퍼져버린 몸을 다시 일으키는 데 아무런 도움이 되지 않았어요. 한숨을 토하며 족쇄 같은 배낭을 짊어졌습니다. 계단을 다시 오를 수밖에 없습니다.

10층을 지날 무렵부터, 덫에 걸린 짐승처럼 울부짖으며 계단을 기어올라가다시피 했습니다. 몸을 제대로 가눌 수 없었어요. 몸이 내 통제력을 벗어났습니다. 평형을 유지하는 신체 기능이 망가진 것 같습니다. 땀구멍이 막혔는지 더 이상 땀은 나지 않고 땀이 말라붙어 생긴 끈끈한 막이 몸을 뒤덮었습니다. 이제 6층만 더 올라가면 된다. 씨발, 6층은 아무것도 아니다! 정신을 놓지 않으려고 자기암시에 필사적으로 매달렸습니다. 지금 내 꼬락서니가 어떤지 잘 모르겠습니다. 관심을 쏟을 여력이 없다,가 한결 정확한 표현이겠습니다. 아무래도 경험상 내 몸은 오븐 속 빵 부럽지 않게 팽창하기 직전일 겁니다. 틀림없어요. 허벅지가 꿈틀거리며 바지를 뚫고 튀어나오려 합니다. 몸집을 불리는 성난 파도예요. 이런, 치골 쪽이 뻐근하네요. 다리가 자라려나 봅니다. 사타구니에 숨겨둔 다리는 바윗돌을 깨부수는 나무뿌리처럼 강인한 생명력을 지니고 있습니다. 셔츠와 바지에 달린 단추가 사방으로 총알처럼 튀어나갔습니다. 나는 내 몸 하나 제대로 못 다루는 무기력한 존재입니다. 그러나 계속 올라가야 합니다. 녀석을 무조건 앞으로 위로 떠밀어야 합니다. 이제 와서 내려갈 순 없습니다. 생고생해 겨우 올라왔는데 아까워서 어떻게 내려가나요. 내려갈 힘으로 올라가는 게 낫습니다. 비록 내가 위태롭게 흔들리더라도 16층 방향으로 흔들리면 좋겠습니다. 배고파 죽겠습니다. 싱싱한 음식을 먹고 싶습니다. 식량을 모아야 합니다. 고향을 찾아 떠나야 합니다. 가족을 만나야 합니다. 사랑받고 싶습니다. 사랑이 절실합니다. 나를 사랑해줄…….

—이게 무슨 소리야!

갑작스러운 고함에 까무러치게 놀라 계단에 납작 엎드렸습니다. 하마터면 계단 모서리가 이마에 박힐 뻔했습니다. 내 몸은 천적을 피해 소라에 쏙 들어간 소라게처럼, 볼품없이 늘어난 옷 속에 고분고분 웅크렸습니다. 시건방진 녀석이지만 상황을 가려 설칠 줄은 아나 봅니다. 괴상망측한 울음이 시끄러웠는지 '중년 여성'으로 추정되는 인간이 참다못해 문을 열고 나왔습니다. 나는 길에 떨어진 가래침처럼 가만히 있었어요. 그가 순순히 집으로 돌아가길 숨죽여 기다렸어요. 하지만 그는 아래층으로 향하는 계단 쪽으로 조금씩 다가왔습니다. 끝내 내 머리통을 발견한 것 같았습니다. 난 천천히 고개를 들었습니다. 그가 팔짱을 단단히 낀 채 물었어요.

—아가씨? 아가씨가 낸 소리야? 아가씨가 낸 소리 맞아?

그는 늘씬하고 예쁜 내가 소름 끼치는 소리를 낼 리 없다고 믿길 원하는 눈치였습니다. 그의 눈빛에서 제발 자기 믿음을 확인해달라는 간절함을 읽었습니다. 그의 바람을 들어줄 생각도 없었고 그를 겁먹게 하고 싶지도 않았습니다. 그냥 입을 굳게 다물고 있었어요.

—그럼 대체 어디서 난 소리야…… 아파트에 들개라도 들어왔나? 암튼 무슨 일 있는 거 아니지? 그렇지?

아주머니는 팔짱을 풀지 않고 한숨을 내쉬었습니다. 아직도 심장이 빨리 뛰고 있군요. 공기의 떨림이 제법 적나라하게 전해집니다. 그는 쓸데없는 말을 지겹도록 늘어놓았는데, 그의 심장이 얼마나 싱싱할까, 심장을 뽑아 사탕처럼 쪽쪽 빨아 먹으면 앞으로 남은 계단을 올라가는 데 얼마나 큰 보탬이 될까 생각하느라 아무것도 귀에 들어오지 않았습니다. 그렇지만 매 순간 신중하게 처신해야 돼요. 굳이 저 사람을 죽여 피바다를 만들 필요가 없습니다. 기력이 달릴 땐 배낭에 든 육포를 뜯으면 될 일입니다. 아, 이럴 수가! 육포를 까맣게 잊었군요. 어떻게 그 중요한 것을 잊어버릴 수 있을까요. 계단을 오를 때 걸리적거리는 배낭을 창밖으로 던지지 않아 다행입니다. 그가 집에 들어간 줄 알고 육포 조각을 수십 개씩 입에 밀어넣었습니다.

—아가씨, 여기 사는 사람 아니지?

—아직도 안 갔어요?

육포를 우걱우걱 씹으며 번뜩이는 눈으로 그를 쏘아보았습니다. 그는 숲에서 곰을 맞닥뜨린 듯 움찔했는데 애써 태연한 척했어요. 그게 눈에 뻔히 보여서 큰 소리로 비웃어주고 싶었습니다.

—처음 보는 얼굴인데.

—다른 데 살아요.

—그럼 부모님이 여기 사시나? 아니면 남자친구 보러 온 거야? 여기 왜 온 거지, 대체?

그를 상대하기 슬슬 귀찮아지는데, 내가 특별히 인내심이 부족한 탓일까요? 어떤 이는 남에게 함부로 관심을 기울이곤 합니다. 남이 원하지 않아도요. 그럴 시간에 산소나 열심히 빨아들이면 서로 좋지 않을까요? 하루아침에 이곳이 산산조각으로 부서져 우주 공간을 떠도는 바람에, 산소를 한 모금도 못 마시게 될지 누가 알겠어요? 마실 수 있을 때 실컷 마셔두는 게 좋을 겁니다. 나처럼 후회하지 말고. 후회하기, 별로 즐겁지 않습니다.

—배고파서 밥 먹으러 왔어요.

—아, 혹시 1606호 딸내미 아니야? 벌써 이렇게 컸어? 아줌마 모르겠어? 아가씨 어릴 때 몇 번 우리 집에서 돌봐줬는데, 기억 안 나?

—기억 안 나요.

나는 벌떡 일어나 매몰찬 계단을 다시 올랐습니다. 휴식과 간식 덕분인지 몸이 한결 가벼워졌어요. 발가락으로 구름을 휘젓는 기분입니다. 물론 거짓말입니다. 지구에 도착한 지 얼마 되지 않아 강한 중력 때문에 가만히 서 있기만 해도 녹초가 됐던 시절에 비하면 꿈만 같은 나날을 보내고 있는 셈입니다, 하하하.

—저게 뭐 하는 짓이야. 아, 꼴 보기 싫어, 정말.

내 몸은 기특하게도—정말 드문 일입니다—육포를 재빠르게 소화해 계단 오르기의 에너지원으로 삼았습니다. 그의 집 앞에 온 건 내가 아니라 사실상 육포예요. 육포 조각이 힘을 합쳐 5층을 마저 올라왔습니다. 육포 만세. 육포가 최고입니다. 나는 절임 배추 같은 상태였지만, 벨을 누르지 말아달라는 그의 요구 사항을 용케 기억하고 있었습니다. 뻔하지 않습니까? 내 방문을 아무도 눈치채지 못하게 하려는 겁니다. 이웃에게 활발한 성생활을 들켜서 좋을 거 하나도 없습니다. 조금이라도 그를 엿 먹일 수 있다면 초인종을 수백 번, 아니 수천 번이라도 누르겠지만, 그만두었습니다. 어차피 목적지에 도착했으니 이제 고대하고 고대하던 잔치를 벌이기만 하면 되니까요, 흐흐. 행복은 멀리 있지 않습니다. 지옥을 경험한 사람은 길거리에 나뒹구는 똥 덩이를 밟고 토사물 냄새를 맡아도 웃음보가 터질 것입니다.

손가락을 오므려 딱 세 번만 문을 두드리고 나서, 반응이 오기를 잠자코 기다렸습니다. 안에서 발뒤꿈치가 바닥에 쿵쿵 부딪히는 소리가 들렸습니다. 이 녀석 몹시 굶주렸겠구나, 하는 생각이 들었습니다. 강아지를 집에 홀로 남겨두고 여행을 떠났다 돌아온 인간의 심정이랄까요. 나는 여행을 한 게 아니라 계단을 좀 올라왔을 따름이지만.

사진 속의 남자가 문을 열어주었습니다. 사진 여섯 장을 머릿속으로 이리저리 조합한 3차원 이미지와 꽤 비슷했습니다. 피부가 까무잡잡하고 거칠어 보이는 점만 빼면. 그리고 며칠을 집에 처박혀 보냈는지 후줄근하다는 점만 빼면. 처음 만난 순간 상대방의 껍질을 훑어본 건 그도 마찬가지였습니다. 상대방이 나와 시간을 보낼 가치가 있는지 측정하는 겁니다.

—들어오세요. 화장실은 저기 있어요.

그는 걸레짝처럼 지저분해진 셔츠의 굴곡을 찬찬히 눈여겨보며—순식간에 커졌다 작아지는 눈의 음흉한 움직임—자기 뒤쪽에 있는 문을 가리켰습니다. 나는 축축한 운동화를 현관에 벗어두고 고생에 찌든 가여운 두 발을 바닥에 살포시 내려놓았습니다. 주위를 대강 둘러보니 여느 가정집과 별반 다를 바 없군요. 왼쪽에는 소파와 텔레비전이 놓인 작은 거실이 있고, 오른쪽에는 식탁이 보입니다. 정면에는 안방으로 통하는 문과 왠지 음습한 기운이 느껴지는 화장실이 있어요. 우리, 아니 내가 일을 처리할 두 공간이 사이좋게 붙어 있네요.

그의 옆을 지나가면서, 잡탕처럼 뒤섞여 풍기는 가죽 냄새 덩어리를 일일이 쪼개보았습니다. 내 머리는 감각의 파도에 휩쓸려 온 옷장 탈취제, 세제, 샴푸, 비누, 치약, 로션, 밥과 반찬, 과자 등등을 부산스레 건져 올렸습니다. 그가 화장실 문을 가리킬 때 사용한 손끝에서는 좆 같은 지린내가 났습니다. 추잡한 새끼. 내가 아파트를 등반하느라 죽도록 고생하는 동안 너는 좆이나 만지작거리고 있었단 말이지. 못하기만 해봐, 아주 죽여버릴 거야. 아니, 잘해도 죽일 거야. 그냥 죽일 거야.

화장실 문을 잠그고 옷을 벗었습니다. 따뜻한 물이 나올 때까지 기다렸습니다. 배낭은 바깥에 두지 않고 변기 옆에 세워두었습니다. 남자가 혹시 배낭에 관심을 보일지도 모른다 생각해서요. 안에 뭐가 들었는지⋯⋯ 알잖아요.

건물은 금방이라도 쓰러질 듯 낡아빠졌어도 수압과 수온은 마음에 쏙 드는군요. 감히 완벽하다고 말할 수 있습니다. 욕조에 서서 샤워기에서 쏟아지는 물줄기를 한참 맞았습니다. 김이 모락모락 피어올랐습니다. 몸이 얼마나 나른했는지, 한시바삐 실행에 옮겨야 하는 계획을 그만 포기하고 싶었어요. 고작 물살이 건네는 위로에도 경계심을 허물 만큼 피곤했습니다. 이런 화장실이라면 오로지 씻을 목적으로 한두 번쯤 더 방문해도 괜찮지 않을까 싶습니다. 음, 샴푸와 보디클렌저 향도 나쁘지 않습니다. 둘 다 그의 몸에서 나는 향은 아니에요. 아마도 집에 찾아오는 손님이 쓰도록 마련한 물품인 듯합니다. 그가 손님의 몸에서 나길 바라는 향이겠지요. 내가 비생산적인 잡생각에 몰두하는 것처럼 보일지 모르겠습니다. 하지만 내 머리엔 정밀한 시계가 박혀 있고 나는 어떤 상황에도 결코 긴장의 끈을 놓지 않습니다. 정확히 3분 뒤에 화장실에서 나가면, 여유롭게 목표를 달성할 수 있을 겁니다.

거울에 비친 몸에 하자가 없는지 구석구석 살펴보았습니다. 그가 프로필에 적어놓은 이상적인 여자의 몸. 발

기가 잘 되는 몸. 정액을 마구 뿌리고 싶은 몸을, 내가 충분히 흉내내고 있는지 재차 확인하는 겁니다. 나는 지금만큼은 적어도 육체적으로 그에게 완벽한 여자가 될 필요가 있습니다. 사냥꾼은 사냥감의 습성을 누구보다 잘 알아야 하는 법입니다. 수건으로 머리를 털고 피부를 보송하게 닦았습니다. 그는 젖은 머리를 좋아하니 드라이어는 쓰지 말아야겠어요. 그의 소망을 충족해줄 의사가 얼마든지 있습니다. 사냥감에 대한 예의예요. 사냥감의 즐거움은 곧 나의 즐거움입니다. 그렇지 않다면 내가 거울을 보며 꼼꼼하게 다시 화장할 이유가 없어요.

수건으로 몸을 가린 채, 열기를 뿜으며 화장실에서 나왔습니다. 그가 안방에서 이리 오세요, 하고 나긋하게 나를 부르는 목소리가 들리네요. 고마워서 어쩔 줄을 모르겠습니다. 남자는 옷을 홀딱 벗고 침대에 비스듬히 누워 좆을 주무르고 있습니다. 헛소리가 아니었어요. 과연 그의 말대로 대물입니다. 그가 성기를 제대로 놀리는 방법을 안다면, 기둥처럼 솟은 말단은 나를 대단히 만족시

킬 것입니다.

침대가 삐걱삐걱 흔들립니다. 네, 맞습니다. 당신이 생각하는 그 짓을 하는 중입니다. 무슨 뜻인지 전혀 모르겠다고요? 조금도 감이 안 온다고요? 그럼 이 남자처럼 내게 메시지를 보내고 약속을 잡으려고 노력해보세요. 당신의 몸으로 어필하세요. 내 사냥감이 되길 자초하세요. 나는 얼굴 욕심은 별로 없습니다. 얼굴은 크게 중요하지 않습니다. 작게 중요해요. 당신이 단단한 복부와 두툼한 허벅지의 소유자라면, 엉덩이 모양이 끝내주게 아름답다면, 다음 타자로 선택받는 영광을 누릴 가능성이 큽니다. 아니, 내가 먼저 메시지를 보내겠습니다. 답장할 때까지 끈질기게 괴롭힐지도 모릅니다. 언제나 예외는 있으니 털 많고 비계 많은 추한 인간들, 너무 상심하지 마시고요. 그런데 접근성이 떨어지는 장소로 나를 부르는 사람은 앞뒤 안 가리고 무조건 탈락입니다. 대실비는 내가 낼 테니 차라리 모텔에 갑시다. 역 근처에서 자취한다면 더할 나위 없이 좋은 조건입니다. 아, 딴 얘긴 이제 그만

하겠습니다. 미안합니다만, 그에게 더 집중해야 합니다.

그는 30분 넘게 땀을 뻘뻘 흘리며 최선을 다해 팔딱거렸습니다. 그가 나의 사랑스러운 애인이라고 생각해봤습니다. 오늘 우리는 만난 지 300일 됐습니다. 남자친구는 나에게 꽃다발과 목걸이를 선물했습니다. 내가 준비한 선물은 값비싼 시계였어요. 고마움을 표시하며 포장을 뜯고 포옹하고 입을 맞추다 여기까지 왔습니다. 욕조에 물을 받아 입욕제를 넣고 장미 꽃잎을 뿌린 후 함께 목욕할 거예요. 자지러지게 웃으며 물장난도 치고 상대방의 코에 거품도 묻히고요. 점심시간이 다 돼서야 목욕을 마치고 머리를 말릴 것입니다. 느긋하게 외출 준비를 합니다. 음식이 깔끔하고 맛깔스럽기로 소문난 레스토랑의 창가 자리를 예약해두었거든요. 핏기가 도는 부드러운 스테이크, 면발의 식감이 뛰어난 파스타 그리고 고소한 치즈 샐러드에 화이트 와인을 곁들여 먹는 우리. 때마침 비가 그쳐 화창해진 봄 날씨에 대해, 벚꽃과 매화의 차이점에 대해 지칠 줄 모르고 조잘대요. 결국에는 벚꽃과 매화의 차이를 정확히 알지 못한 채로, 설령 알게 돼도 내년 봄에는 다시 잊어버리기를 기약하며, 자리에서 일어나 계산하고 차로 돌아옵니다. 점심을 소화할 겸 벚꽃 구경을 가요. 나와 남자친구는 아이스 아메리카노를 마시며 손을 꼭 잡고, 새하얀 꽃잎이 눈송이처럼 흩날리는 산책로를 걸어갑니다. 정말이지 공기 반, 벚꽃 반입니다, 하하하. 우리는 행인의 질투와 열등감을 유발하려는 것처럼, 커플에게만 허용된 달콤한 작태를 몸소 실천합니다. 부러워 죽겠지, 하찮은 버러지들아! 너무 행복해서 지금 당장 지구가 가루로 변해도 좋겠다는 생각마저 듭니다. 이 순간을 영원히 보존하고 싶습니다.

애인이 한눈파는 사이 벚나무 기둥 뒤에 재빨리 몸을 숨깁니다. 그는 내가 자길 뒤따라온다 생각합니다. 나의 부재를 뒤늦게 깨닫습니다. 어리둥절한 표정으로 주위를 계속 두리번거립니다. 처음에는 장난인 줄 알지만, 장난이길 바라지만, 나는 끝내 모습을 드러내지 않아요. 남자친구는 혹시 내가 납치당한 건 아닌지 슬슬 걱정할 거예요. 나만큼 납치하기 어려운 여자가 어디 있다고…….
나에게 느닷없이 버림받았다 여길 수도 있습니다. 어떤 경우를 상상하건, 애인의 돌발적 행동을 평생토록 이해할 수 없을 겁니다. 납득해보려고 애쓰면 애쓸수록 더 괴로워지기만 할 것입니다. 내 몸은 인간의 형상을 한나절도 채 유지하지 못해요. 오늘같이 좋은 날씨에도 하루 종일 애인과 시간을 보내기는 어렵습니다. 몸을 고무줄에 비유할 수 있겠습니다. 나는 집을 나서기 전부터 고무줄을 팽팽하게 잡아당깁니다. 하지만 시간이 흐르면서 팔힘이 약해집니다. 고무는 탄성 때문에 자꾸만 원래의 모양을 회복하려 하고요. 나는 체력이 바닥나고 만 것입니다. 그의 여자친구 구실을 못하게 됐습니다. 말하자면 고무줄이 내 팔을 꺾었습니다. 그는 나 대신 벚나무와 사귀는 편이 정신 건강에 더 이로울 겁니다. 나는 평범한 연애를 할 수 없습니다. 친구를 만들기도 쉽지 않을 거예요. 지속적인 관계를 맺기가 거의 불가능합니다. 나의 치부를 감추려고 사라졌다 다시 나타나길 끝없이 반복해야 할 텐데, 성가셔서 어떻게 만나나요. 무엇보다 내 처지를 이해해줄 사람은 없을 겁니다. 무슨 소리 안 들립니까? 남자친구가 나를 애타게 찾고 있습니다. 마음이 약해져 그의 곁으로 돌아가면, 그는 겁에 질려 도망치거나 돌을 던질 것입니다. 그 정도로 그치면 다행이에요. 나는 용암에 휩쓸려 피부가 녹아내린 트리케라톱스 같습니다.

그는 땀 때문에 미끌미끌해진 몸으로 아직 나를 희롱하고 있습니다. 지치지도 않는 모양입니다. 대단합니다. 박수를 쳐주고 싶습니다. 그런데 이 남자는 내게 꽃다발과 목걸이를 선물하지도 않았고 사랑하는 마음으로 젖꼭지를 빠는 것도 아니며, 스테이크를 잘게 썰어 내 입에 넣어주거나 나와 손잡고 꽃구경하러 갈 마음이 쥐꼬리만큼도 없는 사람입니다. 나도 부담 없이 가볍게 즐기다 헤어지는 것 말고는 그에게 아무것도 요구할 생각이 없습니다. 우린 살아 있는 자위 기구가 필요했을 뿐입니다. 번거로운 절차 없이 껴안을 수 있고, 입술 문지르고 성기 물릴 수 있는 살덩이를 갖고 놀면 좋겠다고 생각했어요. 나이와 성별이 부여된 살덩어리의 부딪침. 살덩이 대

살덩이. 그 이상도 이하도 아니에요. 그래도 나는 종종 내 가슴팍과 등허리에 불어닥치는 상대방의 뜨거운 입김 속에서 내게 사랑을 속삭이는 말을 들어보려 합니다. 언제부턴가 일회성 만남에서 사랑의 기운을 감지하려는 버릇이 생겼습니다.

사랑해. 사랑해. 사랑해.

석 달 전에 만난 여자는 내 항문을 빨면서 사랑한다는 말을 감탄사처럼 연발했습니다. 똥구멍은 입술이 되기도, 귀가 되기도 했습니다. 그는 어딜 향해 사랑을 고백했을까요? 누가 자신의 고백을 듣길 바랐을까요? 내 작은창자, 큰창자에게 볼일이라도 있었을까요? 사랑한다고 외치면 그 말이 어딘가에 부딪혀 메아리처럼 되돌아올 거라고 지레짐작했나 봅니다. 그저 사랑한다는 말을 듣고 싶었던 것 같습니다. 나도 듣고 싶습니다. 어제 들었다면 오늘도, 오늘 들었다면 내일도 듣고 싶습니다. 공허한 거짓말이라 해도요. 때로 말은 말하는 이의 진심이 없어도 그 자체로 듣는 이에게 쾌감을 불러일으킬 수 있습니다. 듣는 이가 느끼길 원하는 감정을 살짝 건드리기만 하면 돼요. 항문 하나는 기가 막히게 잘 빨았던 여자는 아마도 내 대답을 통해 사랑받는 기분을 체험하려 했을 거예요.

어떤 방법으로도 내 꿍꿍이를 알 수 없는, 알고 싶어 하지도 않을 이 남자는 모가지를 쳐들고 간헐적인 신음을 토하며 콘돔 끄트머리에다 사정없이 정액 방울을 쏘았습니다. 나는 그의 목에서 꿈틀거리는 힘줄을 물끄러미 쳐다봤습니다. *사냥꾼은 숨을 죽입니다.* 그의 얼굴에 슬며시 번지는 미소를 보니 다음 단계를 밟을 때가 온 듯합니다. 그가 묵처럼 말캉해진 좆을 천천히 빼냈습니다. *사냥꾼은 사냥감의 급소를 겨냥합니다.* 그는 인간 남자들이 으레 그러듯 실실 쪼개며 좋았어요? 하고 물어보고 싶겠지만, 나는 그의 입에서 ㅈ 소리가 튀어나오기도 전에 머리통을 덥석 물었습니다. 당신은 내 이빨을 보고 곧장 상어를 떠올릴 것입니다. 도끼처럼 날카롭고 넓적한 이빨이 목덜미와 턱 밑을 파고들었습니다. 머리가 목뼈에서 분리되어 목구멍을 타고 우아하게 위장으로 넘어왔습니다. 샴푸 맛과 로션 맛, 땀 맛이 입안에 머물렀습니다. 요철 없는 깔끔한 절단면에서 핏줄기가 솟구쳐요. 그의 얼굴이 위액으로 뒤범벅되는 동안, 남은 목 둘레에 입술을 단단히 밀착하고 피를 꿀꺽꿀꺽 마셨습니다. 내 입술의 흡착력은 문어 빨판에 견줄 만큼 뛰어납니다. 핏물이 새어나와 흰 이불을 적시는 꼴을 못 보겠습니다. 피 한 방울도 함부로 흘려선 안 됩니다. 그는 가족과 멀리 떨어져 혼자 사는 사람이지만, 어떤 식으로든 사냥의 흔적을 남기는 건 금기 사항입니다. 괜한 의심을 받아 앞길이 막힐 수가 있습니다. 그리고 피 묻은 이불은 빨래하기 어려우니까요.

덕장에 줄지어 매달린 오징어처럼 축 늘어진 남자를 입으로 들어올렸습니다. 그의 발끝이 허공에서 덜렁거려요. 다리를 쭉 펴야지만 발바닥에 고인 피까지 한꺼번에 빨아 먹을 수 있습니다. 그는 눈밭에서 구른 듯 창백

해졌습니다. 사진으로 본 피부 색깔과 똑같아요. 프로필 사진은 역시 믿을 게 못 됩니다. 어디까지나 참고용이에요. 사진을 바탕으로 상상한 이미지에 꼭 들어맞는 사람을 만나기는 어렵습니다. 어려운 정도가 아니죠. 팔다리를 탈탈 털어 구석에 숨은 마지막 핏방울까지 남김없이 삼켰습니다. 이제 됐습니다. 그를 데리고 방을 나갔습니다. 3단계는 화장실에서.

그는 공손하게 두 손을 모으고 욕조에 드러누워 있습니다. 체모를 깨끗이 제거당한 채로. 머리가 없어 왠지 허전하군요. 그러니 이 몸뚱이를 '그'라고 부르기가 조금 어색합니다. '이것'이라는 호칭이 더 낫지 않을까요. 자신을 다른 인간과 구별해주며 생물학적 동질감을 형성하는 핵심 요소를 잃어버렸으니 말입니다. 형태만 인간일 뿐, 사실상 정육점 갈고리에 걸린 소나 돼지의 신체 부위와 크게 다를 바 없어요. 하지만 사람은 죽어서도 사람입니다. 죽어서 사람일 수 있어야 살아 있을 때 사람으로 인정받습니다. 내가 무슨 짓을 해도 고작

하루를 모방하기 힘든 외형을 이다지도 수월하고 자연스럽게 유지하다니요! 나는 될 수 있으면 인체를 강탈하고 싶습니다. 나의 영원한 숙제, 생존을 가장 손쉽게 해결할 수 있을 겁니다. 그러나 내게 남의 몸을 빼앗아 내 것으로 만들 능력은 없습니다. 그래서 고기를 손질하기에 앞서 이리저리 뒤집어보고 살결을 쓰다듬어보기도 하면서, 신체 구조의 특징을 기억하려고 안간힘을 써야 합니다. 나는 열과 성을 다해 모방할 수 있을 뿐입니다. 그렇다고 합리적인 기준 없이 닥치는 대로 모방해선 안 됩니다. 기왕이면 눈에 띄게 예쁜 몸매를 모방해야 합니다. 미적 가치가 뛰어난 몸은 보기만 해도 기분이 좋아지거든요. 아, 재미없는 얘기는 이쯤에서 그만할게요. 만남을 손꼽아 기다리는 사람들이 수두룩하게 남아 있으니까요. 하루가 저물려면 아직 멀었습니다.

배낭을 열어 이번 작업에 필요한 금속 도구를 줄줄이 꺼냈습니다. 수족처럼 소중한 칼, 톱, 망치 세트입니다. 한 땀 한 땀 수를 놓듯 타일 바닥에 크기 순서대로 가지런히 배열했어요. 한 치의 오차도 없이 같은 간격으로 놓인 녀석들 좀 보세요. 안정감을 느끼게 해줍니다. 집중력이 올라갑니다. 찬물을 틀어 이것을 박박 문질러 씻었어요. 머리는 세척하지 않고 바로 먹어야 맛있습니다만, 몸통과 팔다리는 불순물을 없애 냉장고에 보관하다 프라이팬에 구워 먹거나 양념장을 풀어 볶아 먹기를 권장합니다. 지난 11년간 별의별 인간을 다 섭취해본 경험자의 피가 되고 살이 되는 조언입니다.

크든 작든 좆과 불알은 얼음물에 담가두었다 회를 쳐 와사비 넣은 간장이나 초장에 찍어 먹는 맛이 일품입니다. 마침 이것을 욕조에서 끌어내 바닥에 눕힌 다음, 성기를 도려내고 있습니다. 심장, 허파, 간, 창자 등의 내장은 한 냄비에 넣고 푸욱 끓여서 탕으로 먹으면 그만이에요, 하하하. 생각만 해도 군침이 돕니다. 당연한 얘기지만 계속 같은 요리법으로 식사를 준비할 필요는 없습니다. 단지 최상의 맛을 내기 위해 어떻게 하면 좋은지 말했을 뿐입니다. 삶아서 먹기도 좋고, 튀겨서 먹기도 좋습니다. 햇빛에 꾸덕꾸덕하게 말려도 보세요.

발골 작업을 시작합니다. 절도 있게 관절을 끊고 뼈에서 살을 발라냈습니다. 피가 흐르지 않아 칼질에 몰입하기 쉽습니다. 인간을 해체한 다음엔, 고기를 한 뼘 크기로 썰고 곰탕 끓이기 좋게 뼈대를 톱으로 잘라야 합니다. 망치로 자잘하게 깨부수기도 해요. 뼛조각을 심심풀이로 씹으면 턱관절을 단련할 수 있습니다. 뼈에서 나오는 즙도 맛볼 수 있고요. 매몰차게 생긴 뼈도 감칠맛 나는 육수를 머금고 있답니다. 아니, 골수라고 해야 할까요. 자꾸 먹는 얘기를 해서 말인데, 믿지 않을 수도 있겠지만,

처음에는 나도 인간을 잡아먹을 생각이 별로 없었습니다. 지금처럼 매일같이 사냥을 나가게 될 줄은 꿈에도 몰랐어요. 창고에 쌓아둔 식량이 충분했고, 연료를 구해서 보충하면 금방 이곳을 떠날 거라고 예상했어요. 아직도 기대를 완전히 접지는 않았습니다만, 예전만큼 가망이

있다고 보지는 않아요. 나는 내일도, 일주일 뒤에도, 아니 한 달 어쩌면 1년이 지나도 여기에 여전히 처박혀 있을 겁니다. 그럴 확률이 높습니다. 15년이나 이곳저곳을 헤매고 다녔지만, 어디에서도 연료로 쓸 만한 물질을 찾을 수 없었으니까요. 영원히 찾지 못할까 봐 겁이 납니다. 인간의 네 배쯤 되는 수명을 위안 삼아야 할까요. 스트레스로 일찍 죽을 것 같지만.

이곳에 온 지 두 달도 채 지나지 않았을 무렵 식량이 바닥났습니다. 굶어 죽지 않으려고 손에 잡히는 족족 아무거나 입에 쑤셔넣었습니다. 나무껍질, 이파리, 흙, 돌멩이, 물고기, 조개, 이끼, 벌레, 아스팔트, 시멘트, 타이어, 가로등, 고양이, 개, 비둘기, 식당에서 파는 각종 음식, 그릇, 의자 다리 등등. 무엇 하나 입맛에 맞는 게 없었습니다. 구역질이 나서 삼키기도 어려웠지만, 삼키자마자 죄다 토하기 일쑤였어요. 토만 하면 다행이죠. 식중독에 걸리고 두통과 고열에 시달린 적도 많았습니다. 차라리 목숨이 끊어지길 바랐는데 질긴 생명력 때문에 정신을 잃고 쓰러졌다가도 금방 눈을 떴습니다. 그렇게 4년을 빌빌거리며 버텼습니다.

결국 인간에게 눈을 돌렸습니다. 살인에 눈뜨고 말았습니다! 그동안 바람에 떠밀려 가는 구름이나 줄지어 이동하는 개미 떼처럼 대수롭지 않게 여겼던 인간이라는 종이 달라 보였습니다. 그들의 맛이 몹시 궁금해졌어요. 식감이 어떨까, 무슨 냄새가 날까, 육즙이 얼마나 풍부할까, 하는 질문이 나를 사로잡았습니다. 내 직감이 인간을 먹고 살아남으라고 소리 질렀습니다. 인간을 양식 삼으면 건강하게 오래오래 살 수 있을 것 같았습니다. 틈틈이 고기를 비축해 연료를 확보하자마자 이 망할 행성을 떠나자! 인간을 포식하기로 마음먹고 다음날부터 거침없이 사냥감을 낚아채 죽이고 뜯어 먹었습니다. 당시엔 인육을 생으로 먹어도 만족스러웠습니다. 시간이 흐를수록 노련해진 덕분에 사냥법이 더욱 정교해졌습니다. 나는 여태 인간을 먹으며 살아왔습니다. 거저 얻은 삶이 아닙니다. 내 생명을 유지하려고 인간의 생명을 빼앗아야 했습니다. 미안합니다. 내가 말도 안 되는 변명을 늘어놓았다고 생각하나요? 사실 미안하단 말은 그냥 지껄여본 소리입니다. 안녕하세요, 같은 형식적인 말이었습니다. 미안합니다. 미안합니다. 미안합니다. 사랑해. 사랑해. 사랑해.

한층 무거워진 배낭을 거실 한복판에 내려놓고 안방에 들어왔습니다. (걱정 붙들어 매세요. 화장실 청소 말끔하게 했습니다.) 전신 거울 앞에서, 머리통을 수확하느라 어그러진 안면 근육을 바로잡고 흥분 때문에 제멋대로 튀어나온 다리를 밀어넣었습니다. 여분으로 챙긴 속옷과 원피스를 입었고요. 옷에서 산뜻한 섬유 유연제 냄새가 납니다. 뽀송하게 마른 세탁물은 언제나 나를 즐겁게 합니다. 땀이 나서 등과 사타구니가 신경질 나게 꿉꿉해지기 전까지. 나는 제자리에서 빙그르르 한 바퀴를 돌았습니다. 콧노래를 흥얼거리며 방바닥에 흩어진 그의 옷가지를 뒤졌어요. 지갑을 찾고 있습니다. 그는 지갑을 어디에 보관하는 사람이었을까요. 가방 안쪽 주머니?

옷장에 걸어놓은 외투? 두 번째 서랍? 지갑은 운동복 바지 밑에 깔려 있었습니다. 얄팍한 갈색 가죽 지갑입니다. (누구의 가죽일까요?) 주민등록증, 운전면허증, 명함, 신용카드, 쿠폰, 영수증, 콘돔 그리고 현금 3만 원. 빳빳한 지폐 석 장을 주머니에 찔러넣었습니다. 고기의 지갑이 내 유일한 수입원입니다. 하루에 보통 2, 30만 원 정도 법니다. 운이 좋으면 세 시간 만에 천만 원 가까이 벌 수도 있습니다. 돈다발을 집에 보관하는 고기도 있거든요. 괜찮은 수익률 아닙니까? 난 돈이 꽤 많습니다. 장롱과 서랍에 한가득 쌓여 있습니다. 정확히 세보진 않았는데 10억 가까이 될 거예요. 운전기사를 고용할까 오래 고민했지만, 정체를 들킬 가능성 때문에 차마 그러지 못했습니다. 집에 놀러 오세요. 내가 일하느라 한창 바쁠 때 몇십, 몇백만 원씩 집어가도 난 전혀 모를 겁니다. 도둑의 흔적을 발견하면 뭐 하나요. 당신이 이미 떠나고 없을 텐데, 어떻게 발톱으로 토막낼 수 있겠습니까?

이번엔 휴대폰을 찾는 중입니다. 그의 메시지 기록을

없애야 하거든요. 계정 삭제가 바람직합니다. 가끔은 휴대폰을 잘게 부숴 쓰레기통에 버리거나 강에 던져버릴 때도 있습니다. 네, 이제 볼일은 완전히 끝났습니다. 여기에 1초라도 더 머무를 명분이 없어요. 어서어서 나갑시다. 다음 목적지에 11시 반까지 도착해야 합니다. 겨우 30분 남았습니다. 지하철로 이동하는 데 15분이 걸립니다. 빠듯해요. 휴식 시간은 따로 없습니다. 나는 일에 치여 삽니다. 다행히 운동화 깔창이 부드럽게 말랐습니다. 운동화에게 먹이라도 던져주고 싶습니다. 고기 조각을 넙죽 받아먹는 운동화를 흐뭇한 표정으로 바라보는 내 모습을 상상하며 문손잡이를 돌리려는데,

갑자기 식은땀이 맺히고 욕지기가 치밀었습니다. 머리카락! 하루에도 몇 번씩 겪는 증상이에요. 언제쯤 적응할지 모르겠습니다. 배낭을 내팽개치고 화장실로 달려갔습니다. 으슬으슬 한기가 느껴졌어요. 내 위장은 머리카락을 소화하길 한사코 거부합니다. 아주 완강해요. 다른 건 몰라도 머리카락만은 안 된답니다. 위장이 그렇

게 싫다는데, 내가 무슨 힘이 있겠습니까. 위장은 제2의 두뇌입니다. 종종 두뇌의 권좌를 위협해요. 변기 앞에 조신하게 무릎을 꿇고, 위액에 젖어도 멀쩡한 머리카락 두세 뭉치를 군말 없이 게워낼 뿐입니다. 변기 물에 그의 머리카락이 둥둥 떠 있습니다. 문득, 그의 생전 모습이 떠오릅니다. 그는 틀림없이 가치 있는 존재였습니다. 엘리베이터 점검 사건으로 기분을 잡쳤지만, 침대에서 나를 적절히 달래주었으니까요. 그도 짧은 만남을 긍정적으로 평가했길 바랍니다. 으음, 몸도 좋고 섹스도 꽤 잘하는 편이었는데, 그를 열두 번째 파트너로 삼아야 했을까요? 그가 나의 성적 쾌락에 복무하도록 얼마간 살려둘 걸 그랬나요? 그러나 파트너 중 아파트 16층에 사는 사람은 없습니다. 16층이라니 말도 안 돼요. 오늘처럼 엘리베이터를 또 못 타면 어쩌려고요. 계단은 말입니다, 나의 욕구가 얼마나 강하고 오래됐는지 시험합니다. 신선한 머리통에 굶주린 벌로 16층에서 머리카락을 토하잖아요. 아, 서둘러 가야겠습니다. 자꾸 16층 16층, 하니까 있지도 않은 고소공포증이 도질 것 같습니다!

현관문이 잘 잠겼는지 거듭 확인했습니다. 뒤에서 수상쩍은 인기척이 들렸는데, 고개를 홱 돌리자—목이 부러질 뻔했어요—웬 마흔 살쯤 돼 보이는 아저씨가 나를 멀뚱멀뚱 쳐다보고 있었습니다. 예상치 못한 인간의 등장에 소스라치게 놀라 달팽이 더듬이처럼 양쪽으로 벌어진 눈알을 공들여 정면으로 그러모아야 했습니다. 그의 얼굴에 초점을 맞추느라 1분 30초를 허비했어요. 시간이 아까웠지만, 이 남자가 나를 공격할지도 모르는 일 아니겠습니까? 적에게 맞서려면 적을 우선 똑바로 보아야 합니다. 전신을 활시위처럼 팽팽하게 당겨놓았습니다. 발톱과 뿔을 지체 없이 꺼낼 수 있도록. 너무 예민하게 군다고 비아냥거릴 건가요. 자신을 지키기 위해 지나친 예민함은 필수입니다. 매분 매초 날 선 태도를 유지하는 게 죽어서 흔적도 없이 사라지는 것보다 나아요. 예민함은 수십 번도 더 고꾸라졌을 내 몸을 여태껏 살려두었답니다.

—누구……?

—아저씬 누구죠?

—보다시피 맞은편에 사는 이웃이지.

그는 재수 없게 자기 집 문짝을 가리켰습니다. 누가 그걸 몰라서 묻나?

—그나저나 앞집 총각이 여자친구가 있는 줄은 몰랐네.

—여자친구 아니에요.

—그럼?

—언니, 아니 누나예요. 누우나.

그냥 여자친구라고 둘러대는 게 나았을까요? 왠지 밥맛 떨어지게 생긴 아저씨의 개수작에 말려드는 느낌입니다. 취조당하는 것 같아 불쾌하기 짝이 없습니다. 그런데 나는 착실히 대답하고 앉아 있네요. 입이 제멋대로 움직여요.

—외동인 줄 알았는데…….

—아닌데요.

—그래요? 동생은 잘 있나? 요새 통 안 보이던데. 어디 아픈가?

—아아아아아무 문제 없어요.

하품하듯 단어를 길게 늘여 말했습니다. 당신하고 말 섞기 싫으니 그만 닥치라는 의미였어요. 의도가 잘 전달됐는지 모르겠습니다. 난 여전히 인간적인 의사소통에 서투니까요. 어쨌거나 효과가 없지는 않았습니다. 그는 짧은 치마 밑으로 드러난 내 허벅지를 힐긋거리더니 이내 흥미를 잃었는지 점검이 끝난 엘리베이터 쪽으로 눈길을 돌렸습니다. 나는 얼핏 문을 가리킨 그의 팔 한쪽을 깨물면 어떤 맛이 날지 궁금증이 생겼어요. 팔뚝과 손등에 돋은 핏줄을 감상하고 있자니, 다음 약속을 어기고 아저씨와 엘리베이터에서 뒹구는 경우 손해가 얼마나 막심할지 계산하게 되었습니다.

막상 엘리베이터 문이 열리자 고개를 절레절레 흔들며 아저씨를 따라 엘리베이터에 두 발을 실었습니다. 고개가 좌우로 왔다 갔다 움직였을 뿐, 그의 육질에 관한 들끓는 호기심은 떨치지 못했습니다. 오히려 더욱 심취했어요. 심지어 엘리베이터를 타고 편하게 내려가면서

도 기쁨을 만끽하지 않았습니다. 색색거리는 숨소리가 무척 가까이 들립니다. 입맛을 다시고 침 삼키는 노골적인 소리도 들었습니다. 그는 분명 내 몸을 마음껏 관찰하다 흥분의 도가니에 접어들었을 겁니다. 자신 있게 말할 수 있습니다. 딱딱해진 그의 성기를 움켜쥐고 입술 사이로 혀를 집어넣으면, 그는 조금의 반발심도 없이 내 가슴에 손을 댈 것입니다. 엘리베이터가 11층에 멈춰 서고 말았습니다. 말았습니다? 나는 그를 덮치지 못해 아쉬워하는 걸까요?

—어, 또 만났네, 아가씨?

11층에 사는 아주머니가 끼어들었습니다. 아주 미운 짓만 골라서 하는군요. 이렇게 된 이상 둘 다 죽여버릴까요? 아, 아닙니다. 차라리 그에게 고마워해야 합니다. 그의 절묘한 침입 덕에 무리 없이 일정대로 움직일 수 있겠습니다. 내가 잠깐 제정신이 아니었나 봅니다. 보아하니 아저씨는 아마도 아내와 딸과 함께 사는 모양인데, 그런 사람을 섣불리 건드렸다간 큰일 납니다. 꼬리 잡히기 딱

좋습니다. 경찰은 나를 신나게 추적할 것입니다. 내가 사는 곳을 까발릴 수도 있어요. 정체가 탄로 나면 나는 끝장입니다. 볼 장 다 본 것입니다. 지구에서 쓸쓸히 삶을 마감해야 할지도 모릅니다. 그리고 엘리베이터 천장 귀퉁이에 달린 감시 카메라를 무시해선 안 돼요. 얼굴이야 바꾸면 되지만 말이 쉽지 새 얼굴을 창조하는 일은 여간 까다롭지 않습니다. 규범적인 기능을 거뜬히 수행하면서도 자연스럽게 아름다운 얼굴은 콩 심은 데 콩 나듯 나오지 않는단 말입니다. 게다가 이번 얼굴은 만든 지 얼마 안 된 소중한 신작입니다. 그런 작품을 며칠 쓰지도 못하고 버리면 매우 가슴 아플 거예요. 어떤 상황에서건 얼굴의 가치를 훼손하는 결정은 되도록 피해야 합니다.

—왜 대답이 없어?

—네?

—어딜 가길래 예쁘게 차려입고 그렇게 큰 가방을 멨대? 가방에 뭐 들었어? 엄청 무거워 보이는데.

또 시작이네요. 남의 일상에 참견하기 좋아하는 사람을 맞닥뜨렸을 땐 그저 무반응으로 일관하는 게 마땅한 대처 방식이겠습니다만, 내 성격이 비뚤어지지 않은 탓인지, 아니면 인간 사회에 필사적으로 적응하며 억지로 터득한 예의범절 때문인지 자꾸만 질문에 응하려는 이유가 뭘까요?

—신경 쓰지 마세요. (죽이기 전에.)

상대방이 내 말에 대답하지 않고 나를 없는 존재 취급하는 것. 실로 치가 떨리고 무섭습니다. 그런데 밥 먹듯 사람 무시하는 이들이 있습니다. 나는 그런 작자를 수없이 보았고, 상판대기를 하나하나 머릿속에 새겨두었습니다. 아마도 무응답의 폭력성을 뼛속 깊이 경험한 탓에, 거머리 같은 인간이 들러붙어 말을 걸어도 반사적으로 대답해버리는 게 아닐까요.

—안 그래요?

내가 시큰둥하게 대꾸하자, 아주머니는 결국 아저씨에게 고개를 돌렸습니다.

—아니, 이렇게 호리호리한 아가씨가 무슨 등산 가방을…… 하나도 안 어울리잖아.

—아하하, 그러네요.

엘리베이터가 1층에 도착할 때까지 그는 줄곧 시답잖은 얘기를 씨불였습니다. 그의 수다스러운 성격 때문에 주둥이가 얼마나 고생이 많을까요. 문이 열리자 아저씨가 먼저 줄행랑쳤습니다.

—아주머니?

그의 옷자락을 꽉 붙들었습니다. 천천히 문 닫히는 소리가 났어요. 그는 눈을 똥그랗게 떴습니다.

—배낭에 뭐가 들었는지 궁금해하시길래.

가능한 한 발랄하고 상냥한 어조로 말했습니다.

—아, 내가 좀 바빠서…….

—어디 가요.

얼굴이 뭉개지지 않는 범위에서 미간을 찌푸리며 이빨을 드러냈어요. 감시 카메라를 등져 내 실체가 포착될까 걱정할 필욘 없습니다. 그는 배낭에서 주섬주섬 뭔가를 꺼내는 내 모습을 찍소리도 못하고 지켜봤습니다. 벌써 넋이 나간 듯했어요. 그의 턱을 벌려 입속에 살점을 넣어줬습니다.

—안녕히 계세요.

열림 버튼을 눌렀습니다. 아주머닌 엘리베이터에서 내릴 생각을 안 하네요. 구역질하며 입에 든 것을 뱉어내고 있습니다. 문틈으로 그가 잠깐 보였다 사라졌습니다. 내가 아파트 현관을 나설 때까지도 그는 밖으로 나오지 않았습니다. 나를 애타게 기다리는 인간을 생각해 지하철역 쪽으로 휘적휘적 걸어갔습니다.

* * *

일 과를 모 두마쳤 습니 다. 지 금당 장 머리가굴 러 떨 어지 고 팔다 리가허 물어져 도 이상 할것하 나 없는 상 태입 니다 만 , 배 낭에는식 량이두 둑하고 해 질녘 의노 을은황 홀하 니까 춤이절 로나 옵 니다. 내집 은도 시 외곽에 위 치한 숲 속에있 습니 다. 인 적이 드 문휴 양림이 에요 .아무 도집 에 얼씬하 지않 습니다. 나 는너 무 묵 직해 서 어 깨를 파 고들 어 두팔 을자를 것같 은 배 낭에떠 밀 려가 다시 피 하면 서,나 뭇잎 사이로 보 이는분 홍빛하 늘—부 작용없 는마 취 제 — 을 감 상하고있 습 니다 .아 쉽지 만서서 히밤 의기운 이침 투합니다. 집에거 의다 왔 습니 다 . 집 은아무 렇게 나 쌓 아놓은상자 더 미처 럼 생겼 습니다.초 록빛,주 황 빛 ,낡 은 은 빛 과 금 빛이은 은하 게 뒤섞 인색 깔입 니다. 그리고 내가어 떤 위 치에서 있건나 를인 식하기만 하면 붉은광 선으로이 루어진혀 를 내밀 어 나의육 체를 순 식간 에 날 름집 안으 로 보 냅니 다 .나 는때 로정 신이바깥 에남 아 있 는듯어 리둥절하 기 도합니 다.

동 굴처 럼높 은천 장에매달 린 전 등이켜 지 고나 는 배 낭을내 려놓 자마 자 옷과신 발을벗어 던 졌습 니다. 드 디어해 방입 니 다 !몸 을성 장하는나 뭇가 지처럼쭉 펼 쳤습니 다. 얼 굴에묻 은화 장 품이쩍 쩍갈 라 져떨 어집니 다.넓 어지 는머리 통 . 몸전 체 로골고 루퍼져 나가는머리 카 락 .날달 걀처 럼 아 래로미 끄러 지 는눈 동자! 가 지들사 이에 무지 개가걸 릴듯합 니다.

나 의피 부는공 룡처 럼거 칠고노 란 색바 탕에빨 간

반점이찍 혀 있습 니 다 . 몸 털은한 낮 의하늘처 럼파
랗고요,보 름달 같 은눈 두개로초 롱초 롱세 상의모 습
을통 과시킵니 다. 이마위 에 는 새 카 맣고매 끄 러운뿔
이돋 은뼈 방패가 붙 어있는 데, 있 는힘 껏들 이받으 면
인 간두세 명 쯤은간 단히골로 보 낼수있 어 요. 그 런데
주 로 숲 의나 무기 둥을 쿵 쿵박으 며 스트 레 스를풉
니다 . 산 새가푸 드덕날 아가 고 잎 사귀 가우 수수쏟
아지고 기분 이무 척좋 아집 니 다.

다 리는 세개 ,팔 은오 른쪽 에하나달 렸 습 니다. 사
실인 간의 기 준으로 보면팔이 지만 나 는줄 곧 팔 을팔
이아니 라 네번 째다리 라고 생 각해왔 습 니다 . 그래
서오른 손 에달 린 ,갈 고리처 럼 휘어진 돌 기 하 나를
발 톱이 라고불 러 요.아 ,그러 나첫 번째두 번 째세 번
째발 에는발 톱이없습 니다. 발바 닥 속에새 끼를 낳는
물기 가 많은통 로가있 을 뿐. (이 곳으 로이 따 금씩씩
은우유같 은핏 덩이 도내 보냅니 다.)이제대 충 내생 김
새를 파 악했나 요 ? 나 는항 상이렇 게 친 절한설명 이

필 요한 존 재입니 다. 설 명하지 않으 면아 무도날 모릅니 다. 설 명은 언제 나나 같은존재 만 합 니다. 요 구하는 것은당 신 ,요 구받는 것 은나. 당 신은생 명체 의기본값 입니 다.당신 이우 주의중 심이라서아아 아아아 아주좋 겠습 니다.

땀에젖 은옷 을 세 탁기에 넣고 돌 렸습니 다. 세탁기는 옷에묻 은때 를 빼고 자긴더 러워져 요. 배 낭에 서내아 기들을꺼 내 싱크 대에 놓 고뽀 득뽀 득씻는 중 입니다 .톱 날사 이사이 에 낀살 점을빠 짐없 이제 거해 야합 니다. 아 기는 자기 가한 일 을잊 어야합 니다 . 줄 줄이자 외선 소 독 기에들 어가 망 각의 잠 을잡니 다. 이번에 는 16 05호남 자가수 줍은 듯한 조 각한조각 기 어나옵 니다. 냉 장고 를활 짝열어 놓 았습 니 다.그 의자리는 침 대가아 니라 이 곳입니 다. 절 반은 꽁 꽁얼 고나머 지절 반 은 서 늘하 게보관 됩 니다. 좆 과불 알은특 별 히냉장 실의제 일위칸을 독차 지합니다. 그 들은그 럴자 격이 있어 요.

물 통을 씻 고먹다 남 은육 포를 치우 고 여 분의 옷 과화 장품을정 리하면 배 낭은 이제안 녕 . 몸 뚱이를씻 을 차 례입 니다. 오 늘하 루도수 고한 지쳐버 린내 몸.애 증하 는아니 애증 증증하 는몸 이지 만, 내일 도 살 살 구 슬려부 려먹으려 면 극 진히대 접해야 합 니다 .한 번토 라지면 다 시일 하기어 려우 니까 요.나 는나 를 데 리고 욕 실에들 어갑 니 다. 사 납고피곤 하고 늙 은개를 끌 고들어 가는 것같 습 니다. 욕 조같 은 변 기변 기같은 욕 조에드러 눕습 니 다.버 튼을누르 자뜨거 운 물이 차 오 르고나 는 물 속에잠 겨 땀 흘리듯 피부 에난구 멍으 로똥(과오 줌의 혼합 물) 을쌉니 다 . 작 은솔 방 울같 은 것들이 9 00 만개 쯤맺 혔다 도 르륵,하 고굴러 떨 어 지 자마자물 에 녹 아듭 니다. 오 늘삼 킨 5 개의머 리찌 꺼기랍 니 다 .더러 워진 물 이빠 지고깨 끗한 물 이차오 르길 반 복. 마 지막에 는향 긋 한거품 이 뿜 어져나 옵 니다. 그 리고 따 뜻하 고건 조한 바 람. 하 아,너 무상 쾌 해몸 둘바 를모르겠 습 니다. 무 장해 제된나 의몸은 가 볍 고다 루기 훨 씬쉬워 요 . 심 지어 방 에있 는침대에

다 사 뿐 하게던 질수도 있 습니다.이 제자 야 할 시 간 입니다. 나 는집 에게 내 일은 오 후2 시45 분 에깨워 달 라고말 합 니다. 집 은불 을 끄는대 신 텔 레비 전을 틀 어줍 니다 .나 는사 람들이 조 잘거리 는 소 리와 희부 연 불 빛에 둘러 싸여 이불 을 덮 습니다. 조잘조잘조잘조 잘조잘조잘. 혼 자가아 닌기 분입 니다. 그 래도누군 가 가 내 옆 에와서나 를 꼭안 아줬으 면좋 겠습니다 . 잠 들 때까 지만 이라 도,잠든 뒤 에는사 라진다 해 도. 눈 물 을찔 끔훌 리며 사 타구니 두곳 과옆구 리에 달린성 기 들 을 어 른새가 아기 새에 게먹이 주 듯 공 평하 게 어 루만 지고주무 르다 잠 이듭 니다.

행성의

폭발

!!!

유리창의 파편이 얼굴에 쏟아지고 나는 정신없이 우주선을 출발시킨다. 공기가 후끈 달아오른다. 불길에 휩싸인 고향. 가족은 어디에? 애인들은 어디에? 친구들은 어디에? 나는 어디에? 적의 우주선 수십 대가 나를 추격한다. 레이저 공격을 받아 선체가 마구 흔들린다. 방어막을 둘러도 소용없다. 그들은 내가 사는 행성을 파괴한 주범이다. 왜? 대체 왜? 내 삶의 기반을 송두리째 앗아가는 이유가 뭐지? 무슨 권리로? 단조로울 만큼 평온한 일상은 누가 어떻게 보상해? 나 혼자 살아남았을까? 동족 전멸인가? 모르겠다. 지금은 아무것도 알 수 없다. 다만 죽을힘을 다해 도망칠 뿐이다. 도망만이 살길이다. 으아아아아아! 우주선이 뒤집히더니 빙글빙글 돈다. 연료 게이지의 바늘이 뚝뚝 떨어진다. 살려주세요! 살려주세요! 살려주세요! 살려주세요! 살려주세요! 살려주세요! 제발…….

한 밤중 에허우 적 거리 며잠 에서깨 어났 습 니다. 땀으 로축축 해진이불 을발 로걷어 찼습 니다. 놀 란가 슴을진 정해야 겠 어요.심 호 흡한 번심호 흡두 번 .

나 는예 외없이 매 일악 몽을꿉 니 다. 아 니, 한 낱꿈 이
아 니라내 과 거입 니다 .과 거에서벗 어날 수 없습니
다. 과거 는버려 진거 미 줄입니 다. 신 경쓰 지 않 으면
내 가거 미줄 에걸 려있는 지 모 르고살 아갑 니다 . 하
지 만거미 줄을 의 식하면할 수 록 거미 줄은나 를꼼 짝
못하 게칭 칭감 아버립니 다.그 때나 는환 영을 봅니 다.
저 쪽에 서줄 을 타고 정 면으로돌 진해 오는 거미 의환
영을 말입 니다. 방 금내 가본 것은 환 영입니 다. 그런
데환 영인 걸알아 야환영이 죠 . 그 래서환 영은때 로현
실보 다무 섭 습 니다. 이 불 을말려 야지 ,이불 을어 서
널 어햇 빛 에말려야 지, 하 고헛 소리를 중 얼거리 며
도로잠 들 었다

부

르

르진동 하는 집의몸 짓에 기 상시간 에맞 춰일 어 났
습니 다 .이불 이어 느새바 싹 말 라있습 니다. 찌 뿌드
드한몸 을 일으 켜세 우고기 지개 를 켭 니다.상 쾌 한하

루의 시 작입 니다. 당 신 에게 내다리는 두개 가아니 라
세 개라는 점을재 차 일 깨워줘 야하나 요.나 는다리 세
개 를 물 결치 듯번 갈아움 직이며 욕 실로가 다 채로 운
모 닝자 위를 했 습 니다. 지 금이아 침은아니 지만말 하
자 면그렇 다고 요. 오 르가슴 은잠 시나 마괴 로움을 말
끔히씻 어줍니 다. 자 위하 세요, 여 러분 !그 렇지 만가
끔 은자위 하다 더괴로 워지는 수 가있 습 니다. 괴 로움
을 씻 고나서 터 덜터 덜조종 석이 있는 거 실로나왔 습
니다. (괴로 움이다 시금면 지처 럼 켜 켜이쌓 일채 비
를 합 니다 .)우 선부 엌의회 갈 색벽 면을슥 문질 러 포
근한햇 살과바 람한 줌을집 안으 로들였 습니다. 집에
는창 문이 없 습니 다. 아 니 , 고 정된 창 문이없 습 니
다. 아 무벽이 나 열 면그것 이창 문입니 다. 전 깃불만
으 로도 집 을환 하게밝힐 수있 지만,전 등은따 뜻한 느
낌이없 어요. 또한전 등에 선 봄 바 람이불 어오 지않고
숲 이넘 실거리 는풍 경이보 이지않 습 니다 .

입 맛을다 시며 냉 장고에 서허 벅 지고 기를 꺼 내

소 금을뿌 리 고센불 에날 쌔게구워 접 시에담 았습 니
다. 고 기를호 호불 어먹으 며, 늘하 던대 로푹신 푹 신
한잿 빛의 자에앉 아곡 면스 크린을 켜데이 팅 어 플에
접 속했 어요 . 유후,오 늘도수 많 은사람 이 자 기몸 을
자 랑스 레 전 시합 니다. 어 디한 번꼼 꼼히살 펴볼 까
요?나 는매 대에올 라온고 기의상 태— 이 미지와신 체
사 이즈 —를 자 유롭 게점 검할 때가장 신 이납니 다.
이고 기들 이 아 직은흐 릿한상 상속 에 서만존 재하 고
비 탈길에 서구 르는눈 덩이 처럼바 람직 한방 향으 로
한껏 부 풀려지 기 —고 기맛이 좋 을것 이다! 그 리고
귀 엽고 섹 시하 겠지 — 때 문이 에요. 사 기틀당 하 면
즐 겁 습니 다. 사 기당 한걸 깨 닫지 않 는선 에서요 . 발
톱으 로 조종 간을잡 아당 기 면 서프 로 필을계 속모 니
터 링했습 니다. 그 들 은다 양한각 도와 빛으 로자 신
을설 명 하기위 해혹 은왜 곡하 고감 추 기위 해 열 을
올 립니다 .나 는그들 이 간 간이찍 어 올 린영 상과 소
개글을종 합 해 어 떤사 람에 게메 시지 를보 낼 지판단
합 니다. 무 엇보 다중요 한 것 은육 질과능 숙함그 리고

혼 자사는 지 ,모텔 에갈 의 향이있 는 지예 요.거 리는 말 할 것도없 습니 다. 7 0k m이 상떨 어진사 람과 는접 촉하지않 습 니다 . 그거 리를넘 어서 면 목 적지까 지이 동하 기 버 거워 서요. 지하 철에서 소 모하 는 체 력의 양 을 따 지지않 는다?프 로답 지못한 행 동입니다.

아,21 km 떨 어 진곳에 괜 찮 은여 자(로추 측 됨)가 있 습니다. 닉네 임은자 취해 요 , 입 니다 .나 이는안 나 와있지 만, 대 략삼 십대중 반이 아 닐까합 니 다. 얼 굴 은없 고 가 슴과엉 덩이 를부 각한사 진만 올 렸네요. 키 는17 9 cm,몸 무 게가 83k g입 니다. 이코 뿔소에 게왠 지끌렸 습 니 다. 게다 가그 는자 신을감 당할 수있 겠 냐고프 로필 에 적 어놓았 습니다 . 나 는충 분히감 당 하겠다 고 마 음속 으로되뇌 며, 계정여 섯 개 중하 나를 골 라 그에 게메시 지를 보 냈습 니 다.

헌팅포러브: 안녕하세요~

자취해요: 네, 안녕하세요.

헌팅포러브: 번개 하시나요?

자취해요: 오늘 바쁜데…….

헌팅포러브: 내일은 어때요?

자취해요: 내일은 집에 있어요.

헌팅포러브: 혹시 내일 오후 6시 15분에 시간 괜찮으세요?

자취해요: 아, 네, 좋아요. 근데 나이가……?

헌팅포러브: 28살이에요. 그쪽은요?

자취해요: 서른넷이요.

헌팅포러브: 아, 그럼 어디 사세요?

화 면에게 획표를 띄우 고 그 와의약 속을 추 가했습 니다. 번 개상 대를헷 갈리 지 않 도록메시 지내 용을간 략 히 기 록해 둡 니다 .사 진도첨 부하 고요. 내 가주문한고 기의 목 록입 니 다. 시 간에 맞 춰직 접찾 으 러갑 니다. 아 , 그 새메 시지 가 4 1개 나와 있 군요. 나 의빼 어난외 모 에침흘리 는녀 석들이많 습니 다 .대 부분내 매 력을평 가할 자 격이 없 어보 입 니다.체 중미 달

이거 나낡 고병 들었습 니다. 싸 구려네 요. 줘 도안 먹
습 니 다. 누 가무 릎꿇 고은접 시 에갖 다바쳐 도 고 개
를돌려 버 릴거 예요. 시 간만잡 아먹 는 식충 이들입 니
다 .그 들 의조 건을 하 나하나 조 사하 고 비 교하 면 서
답 장을 할 지말지 결 정합 니 다. 이렇 게사 무릎좀 보
다가출 근전까 지여 유 가있으 면설거 지를 하 고청 소
기를돌 리고빨 래를 널 고육 포 를만 들지 요.가 끔은지
붕(?) 에올 라가 일광 욕과산 림욕을즐 기곤 합니 다. 믿
기힘 들겠지 만 어깨 에귀 여 운새들 이줄 지어앉아 지
저귈 때 도있 습니다. 그 들 은나를 움직 이는나 뭇가지
따 위로생각 하는모 양 입 니다 . 오 늘은햇 볕이 좋 으
니 채 반에 다고 기를말 려보겠 습 니다.

지 금시 각은1 6시 5 9분. 약속장 소 에 늦 지않 게
도 착하 려면고 기는그 만만 지작 거리고 신 체개 조를
시 작해 야 합니 다. 거 실에 는 전 신거 울과화 장대그
리 고거 대한옷 장 이 있습 니다 .나는거 울앞 에경 건한
마 음으로서 서30 분 간땀을 뻘 뻘흘 리며,반 죽을빚 듯

몸 의기 초적 인형태를만 들 고 눈 알을작 게눌 러위 쪽 으로끌 어올리 고 콧 대를세우 고입 의 용 적을줄 이고 이 빨을네 모 로다듬 어 고르 게배 열하고관 자놀 이근 처 에서귔 바 퀴를 끄 집어내 고팔 다 리와성 기 의위 치 와개 수를 맞 추고피 부결 을정돈 하 고푸 른몸 털을검 게물 들 여정 수리와겨 드랑 이와치 골쪽 으로촘촘 하게 모 으고노 란피부 색 과빨 간반 점 을눈 밑에 찍 힌하나 의 점 으로 빨아들입니다. 이제 두 눈을 의식적인 행동이 아닌 척 동시에 틈틈이 깜빡이면 됩니다. 아직도 종종 눈 깜빡이기를 잊어버려 적잖이 곤혹스러울 때가 있습니다. 그래도 한쪽씩 교대로 깜빡이는 것보단, 아예 뱀처럼 눈을 동그랗게 뜨고 다니는 편이 더 낫습니다. 둘 다 섬뜩하긴 매한가지지만.

거울에 비친 눈부신 자태를 뿌듯한 마음으로 감상합니다. 하얗고 통통한 21살 남성이 보조개 팬 웃음을 짓고 서 있습니다. 그는 자신을 돼지라고 부르는 10살 연상의 누나를 만나러 갈 생각에 들떴습니다. 오늘이 그를 마지막으로 만나는 날입니다. 이제 돼지는 밖에 나갈 준비를 끝마쳤을까요? 아니에요. 절대로 아닙니다. 그럴 리가요. 그가 시원하고 가벼운 알몸으로 외출할 거라 생각했다면 큰 오산입니다. 그는 천 쪼가리로 피부를 가려야 합니다! 그 전에 걷는 연습부터 다시 해야 하고요. 수십 번이나 써먹은 신체 유형이어도 방심해선 안 됩니다. 집에서 긴장을 풀고 쉬는 동안 내 몸은—그 자체로 조화와 균형을 이룬—원래 형태에 득달같이 안주하기 때문이에요. 남이 보는 앞에서 몸을 제대로 통제하려면 혹독한 반복 훈련이 필요합니다. 나를 살려두기 위한 전략입니다. 몸이 내 취지를 부디 알아주면 좋겠군요. 아니, 일부러 모른 척하는 거 다 압니다. 개조한 지 얼마나 됐다고 팔다리를 비꼬고 방구석에 처박히려고 발버둥질합니다. 얄미워 죽겠습니다.

다리를 차례차례 내밀면서 무게 중심을 제때 옮기는 연습부터 시작합니다. 평지에서 걸음걸이가 안정되면, 거실 벽을 따라 설치한 철제 계단을 올라갑니다. 계단을 이용하기 위해선 한쪽 다리로 서서 버티는 훈련을 선행해야 해요. 계단에 발을 디딜 때마다, 맹수의 미끄러운 입술을 따라 도는 기분입니다. 계단은 내 천적입니다. 단언할 수 있습니다. 돼지는 손잡이를 잡고 뒤로 걸어 내려왔습니다. 웬만한 인간보다 계단을 더 잘 타지 않습니까? 오늘은 날씨가 봄답게 맑고 깨끗해서 참새처럼 날아다닐 수도 있겠습니다. 옷장으로 달려가 팬티와 옷을 꺼내 입었습니다. 비로소 그의 취향에 걸맞은, 다리 사이에서 갖고 놀 만한 남자를 만들었습니다. 다시 한번 피부의 표면이 고른지, 눈코입의 비율이 적당한지, 팔다리와 몸통이 좌우 대칭인지, 젖꼭지가 수평을 이루는지, 좆 모양이 예전과 똑같은지, 다리가 음모 밑에 얌전히 웅크리고 있는지 등등을 체크했습니다. 아주 완벽합니다! 돼지는 이번에도 그를 감쪽같이 속여 넘길 수 있습니다. 난 당신이 알던 여자가 아닙니다. 달라지지 않은 건 칙칙한 등산 배낭뿐입니다. 배낭에는 공구 세트, 밀폐 용기, 육포, 물통, 수건, 치약과 칫솔, 샴푸, 로션, 향수, 콘돔, 젤, 화장품, 속옷, 옷, 액세서리, 구두 같은 물건이 들어갑니다. 많이 기다렸나요?

출발합시다!

37km

집은 나를 딱딱한 흙바닥에 뱉었습니다. 나는 한동안 눈을 감은 채 나뭇잎의 그림자가 얼굴에 마음껏 어른거리도록 허락했습니다. 신선한 공기를 듬뿍 들이마시며 숲길을 걸었어요. 기분이 너무 상쾌해서 자꾸만 기분이 상쾌하다 떠벌리고 싶습니다. 지금처럼 중력이 나를 '적당하게' 짓누른 적 있었나 모르겠습니다. 이러다 대기권 바깥으로 추방되면 어떡하나요, 하하하. 하지만 곧바로 들뜬 마음을 바로잡았습니다. 이만하면 족하다, 하는 판단이 섰습니다. 행복은 극히 드물고 위험한 감정입니다. 나는 행복과 좌절의 낙차를 도무지 견딜 수 없습니다. 좌절에 대비할 안전망이 필요합니다. 높이 올라가는 만큼 떨어져 입을 부상이 클 테니까요. 그래서 겁납니다. 행복에 도취하다 언제 철퇴 맞고 나락으로 떨어질지 모릅니다. 어쩌다 작은 행복도 온전히 누리지 못하게 됐을까요. 행복한 순간에 어쩌자고 행복을 망치는 불길한 생각을 하게 됐을까요.

옷차림 편한 사람들이 한두 명씩 불쑥 나타났습니다. 그들은 어느새 줄지어 숙소 방향으로 부지런히 움직였습니다. 나는 그들과 최대한 떨어져 느리게 걸었는데도 본의 아니게 대열의 꽁무니를 따라가는 모양새가 됐고, 왠지 침울해지고 말았습니다. 내가 자그마한 도끼 한 자루라도 쥐고 있다면, 앞에서 시큼한 땀냄새를 풍기며 자기들끼리 웃고 떠드는 4인 가족을 장작 패듯이 쪼개버리고 싶습니다. 그러면 기분이 한결 나아질 것도 같습니다. 미안합니다. 난 왜 그들을 이유도 대책도 없이 학살하는 상상을 시시때때로 하는지 전혀 모르겠습니다. 내 불행에 대한 책임을 그들에게 전가하고 싶어서일까요. 내가 불행한 건 누구 잘못인가요? 나만 잘하면 해결되는 문제인가요? 그들은 내가 무슨 심정으로 숲을 통과하는지도 모르고 자꾸만 내게 말을 걸려고 입술을 달싹거렸지만, 나는 그들의 목숨을 살려주고자 대화가 오가기 애매한 위치에서 서성였습니다. 아니, 차라리 구더기를 앞질러 가야겠어요. 나를 사랑해주지 않는 구더기 새끼들을 모두 짓밟기 전에 말입니다.

여기에도 구더기가 들끓습니다. 나는 자리에 앉지 못하고 여기저기 떠밀리다 지하철 출입문에 들러붙은 채, 유리창에 비친 구더기 십수 마리를 어찌하지 못하고 얼빠진 표정으로 보고만 있습니다. 배낭을 잠시 내려놓을 공간도 채 확보할 수 없군요. 그러고 보니 퇴근 시간에 지하철을 타버렸네요. 난 꼼짝없이 죽은 목숨입니다. 행복은 정말 신기루일까요? 홀연히 나타났다 홀연히 사라지는 무지개일까요? 조만간 폭우를 쏟을 것처럼 불안정한 구름. 내 상태가 그렇습니다. 잇몸이 근지럽고 욱신거려요. 이빨이 볼을 찢어 나가게 해달라고 아우성입니다. 덜덜 떨리는 턱을 두 손으로 감쌌습니다. 눈알은 오른쪽 귀 뒤로 미끄러지려 하고, 왼쪽 다리가 사슴 뒷다리처럼 꺾여버렸어요. 하하…… 엉망진창입니다. 승객의 시선이 집중됩니다. 그들이 저기 좀 봐, 저 사람 왜 저래, 이상해, 무서워, 하고 수군거립니다. 여러분? 나는 전부 듣고 있습니다. 귓바퀴가 녹아 어깨에 뚝뚝 떨어져도 청각은 살아 있다고요.

관 아니 문이 열리자마자, 퉁퉁 불은 국수처럼 늘어진 팔을 휘두르며 화장실을 찾아 (달리고 싶었지만) 어기적어기적 걸어갔습니다. 상한 국물이 줄줄 새는 음식물 쓰레기봉투가 된 기분입니다. 처치 곤란이에요. 사람들은 나를 멀리선 손가락질하고 가까이선 피하느라 바빴습니다. 내 걸음걸이는 금세 웃음거리와 공포의 대상으로 전락했어요. 내가 착각했나요? 그랬으면 좋겠습니다. 나는 그들의 심정을 백 번 천 번 이해합니다. 그들은 삶이 너무 지루해서, 누구든 건강하고 길이가 똑같은 두 다리로 일정한 보폭을 두며 여유롭게 걷지 않으면, 기다렸단 듯이 격렬하게 반응합니다. 반응의 역치가 낮다고 생각해요. 다들 괴물을 구경하길 고대합니다. 괴물이 없으면 매일 반복되는 허무한 나날을 어떻게 버틸까요.

나는 화장실 입구 근처에서 발을 질퍽질퍽 구르고 있습니다. 어디로 들어가야 하는지 씨발 모르겠어요. 무작정 발 닿는 곳으로 들어갔습니다. 운이 좋았어요. 소변기를 보고 한시름 놓았습니다. 누구도 비명을 지르거나 버럭 화를 내지 않았어요. 따귀를 후려갈기지도 않았습니다! 그들은 '남자' 화장실에서 똥오줌을 갈기는 데 집중했답니다.

얼른 칸막이 안에 들어가 문을 잠그고, 배낭을 변기 뚜껑에 내려놓았습니다. 내가 10년 넘게 달달 외워 체화한 지식이 평소엔 매끄럽게 작동하지만 아까처럼 지나치게 당황하면 파도 만난 모래성처럼 속절없이 무너집니다. 난 왜 아직도 인간 집단에 자연스레 섞이지 못할까요. 누가 좀 친절하게 알려주면 안 될까요. 내가 언제쯤 사람이 돼 사랑받고 살 수 있는지. 그렇게 어려운 부탁인

가요. 아, 이제 괜찮아졌습니다. 신경 쓰지 마세요, 제발. 신경 끄세요. 어느 장단에 맞춰야 하는지 모르겠다고, 내가 미쳐도 단단히 미쳤다고 생각하겠죠, 다들. 하지만 당신도 잘 알지 않습니까? 미치지 않고서는 도저히 견딜 수 없는 시간이 생애에 한 번쯤은 찾아오는 걸요. 광기를 촉발한 원인이 무엇인지 단번에 알아차리기 어려운 시간. 그래도 좋은 소식이 있습니다. 그 시간을 무사히 통과했습니다. 파도가 물러가자 다시 모래성을 쌓을 수 있게 됐어요. 입꼬리를 억지로 당겨 즐거워하는 표정을 지었습니다. 휘파람 불며 세면대 앞에 섰어요. 돼지를 그에게 온전한 상태로 데려가야 하니까요, 하하! 우리 귀여운……으로 시작하는 그의 상냥한 인사가 귓가에 울려 퍼지는 듯합니다. 물을 받아 이마와 목에 흐르는 땀을 훑어내고 밖으로 나갔습니다.

계단을 내려갈 땐 열매처럼 주렁주렁 매달린 머리통을 눈여겨보는데, 계단을 올라갈 때면 앞서가는 사람들의 종아리를 강아지 보듬듯 훑어봅니다. 껍질 깐 소

시지처럼 보여요. 계단에 발을 디딜 때마다 이 종아리 저 종아리가 파르르 파르르 떨립니다. 어서 깨물어달라고, 먹어치워달라고 속삭이는 것 같습니다. 무릎과 발목을 절단해 한입에 쏙 넣었다 뼈만 끄집어내고 싶습니다. 맛이 끝내줄 거예요! 계단 오르기의 힘겨움마저 잊게 해주는 너희들 덕에 내가 산다. 나는 환승역을 돌아다니며 누나의 종아리 한 쌍을 생각했습니다. 그는 종아리가 짧은 편입니다. 내가 떼어갈 수 있도록 튼튼하게 붙어 있으니 감사한 마음입니다. 나는 울퉁불퉁한 노란색 패널을 밟으며, 빠르게 환승할 수 있는 구역으로 걸어갔습니다.

지하철을 기다리며 종아리 말고 다른 얘길 좀 해볼까요. 그는 평일에 눈코 뜰 새 없이 바쁜 직장인이고 피곤하다는 말을 입에 달고 삽니다. 입에서 담배와 커피 썩은 냄새가 납니다. 구취 제거 스프레이로 냄새를 감추려고 하던데, 내 코는 못 속여요. 그래서 키스할 때는 잠시 입으로만 숨을 쉽니다. 오늘 그를 죽이기 전에 이 사실을 꼭 알려야겠습니다. 자기 아가리에서 독가스가 나오는 줄도 모르고 죽으면 너무 안타깝잖아요. 그의 임종을 되도록 아름답게 장식해주고 싶습니다. 그는 침대에서 요구 사항을 끊임없이 늘어놓긴 했지만, 뛰어난 애무 기술로 내 눈을 뒤집는 사람이었으니까요. 그에게 나는 귀엽고 말랑해 입에 넣어 굴리고픈 사탕이었고요. 누나는 나를 친동생처럼 아끼고 보살폈습니다. 보살핌을 받는 따스한 느낌이 그렇게 좋을 수가 없었습니다. 물론 그는 스스로를 보살피고 있었을 따름입니다. 나는 누나 두 명 사이에 낀 장난감에 불과했습니다. 그도 마찬가지였어요. 나와 나 사이에 역시 그가 놓여 있었습니다. 우린 톱니바퀴처럼 맞물렸습니다. 1년간 한 달에 한두 번씩 꾸준하게 만났습니다. 그들 틈에서 그만 빠져나오려고 합니다. 이유는 간단해요. 그가 지겹습니다. 그도 내가 지겹고 귀찮을 겁니다. 다른 파트너를 구할 때까지만 나를 버리지 말자는 게 그의 속셈입니다.

지하철 손잡이에 질척하게 매달렸습니다. 오늘은 자

리에 한 번도 못 앉을 운명인가 봅니다. 손잡이가 끊어지지 않는 이상, 바닥에 징그럽게 널브러지는 일은 없을 거지만…… 지하철에서 다리 하나를 더 꺼낼 수 없는 현실이 못내 아쉽고 억울합니다. 다리가 세 개면 삼각대처럼 안정적으로 서고도 남는데, 두 다리로는 암만 연습해도 위화감을 지울 수 없습니다.

나는 상상력이 부족한 생명체로 성장하지 않았습니다. 하지만 솔직히 고향에서는, 어떤 생물이 두 팔을 번갈아 흔들면서 두 다리로 걸어다니는 모습을 상상해본 적이 한 번도 없었습니다. 비슷한 이미지를 떠올린 적이야 있었겠지만, 이족보행이 '실제로' 가능하며 그런 생물의 집단이 어딘가에 존재할 거라고 철석같이 믿긴 어려웠어요. 다리 세 개와 팔 하나, 혹은 다리 네 개로 중심을 잡는 데 아무런 지장이 없었습니다. 사고를 당해 다리가 잘렸을 땐 며칠만 집에서 푹 쉬면 다리 개수가 이전과 같아졌고요. 그런데 이곳에서 살아남으려다 보니 외출할 때마다 강제로 다리 한쪽을 절단하고 팔 하나를 이식하는 수술을 받는 기분입니다. 밀가루 반죽이 날카로운 금속 틀에 찍혀 바삭바삭한 쿠키가 되는 과정과 유사합니다.

무릎이 슬슬 아파옵니다. 거짓말 아니에요. 아프다고요. 괜찮은 척하기 어려운 몸 상태에 차근차근 다가가고 있습니다. 몸을 배배 꼬지 않고서는 단 10분도 못 배기겠습니다. 나의 연약함을 증명할 방법이 없습니다. 노인들과 어울리거나 젊은 새끼들을 자리에서 내쫓을 구실이 없다고요. 내 몸은 끔찍하게 망가지기 전까진 턱없이 건강해 보이니까요. 그럼 노인으로 행세해 지하철을 타는 내내 자리에 앉아 있으면 어떨까요? 아니, 그런 멍청한 짓은 하기 싫습니다. 체력 낭비가 더 심할 겁니다. 몸을 손바닥 뒤집듯 개조할 순 없습니다. 우리 종족의 변신술은 원래 도마뱀이 꼬리를 자르고 도망치는 것처럼 목숨이 위태로운 상황을 모면하기 위한 최후의 수단이며, 자유자재로 색과 형태를 바꾸는 문어와 다르게 '뼈를 깎는' 고통을 동반합니다. 개조 능력을 '지하철 좌석에 앉기' 따위에 허투루 써버려선 안 됩니다. 사냥에 성공해 배를 채우고 냉장고와 식량 창고를 채울 기회, 신체 접촉으로 온기를 빨아들일 기회를 잡아야죠. 그래서 하루를 거뜬히 지탱할 수 있다면 지하철에서 얼마든지 고문당할 용의가 있습니다. 물론 계획을 빠듯하게 세워 무리할 생각은 없어요. 깨어 있는 동안 몸을 바꿀 수 있는 횟수는 대체로 일정하거든요. 컨디션에 따라 개조가 불가능할 때도 있고요. 내 몸이 의사 결정을 주도합니다. 몸은 그 자체로 살아 있고 부단히 독립을 외칩니다. 아마 내가 없어도 얼마든지 알아서 굴러갈 거예요.

한편 노인도 항상 자리에 앉아서 가진 못합니다. 지하철이 미어터지면 어쩔 수 없이 서 있어야 해요. 내 처지와 흡사합니다. 인간은 나이를 먹으며 자연스레 나를 닮아갑니다. 나는 노인이 자리 하나를 차지하기 위해 모르는 사람의 등을 떠밀며 새치기를 일삼고, 계단을 오르내릴 때 손잡이를 잡으려 홀로 발악하는 모습을 종종 지켜봅니다. 그들에게 왠지 모를 동료 의식을 느낍니다.

그들에게서 내 모습을 발견하곤 합니다. 그들은 나보다 훨씬 어리지만 때로는 나만큼이나 힘들어하는 것 같습니다. 그런데 어떤 노인은 내가 '자기 자리'를 침범했다는 이유로 나를 바닥에 넘어뜨리고 신나게 밟아댔습니다. 난 그들을 알아보지만, 그들은 나를 알아보지 못합니다. 안타까운 얘긴데 뭐, 괜찮습니다. 노인은 나를 밟아 죽일 수 없어요. 나는 노인을 살포시 건드리기만 해도 지옥으로 보내버릴 수 있으니 내가 꾹 눌러 참아야 합니다. 참는 자에게 복이 있다고요? 복은 없고 그냥 참습니다.

—여기 앉으세요.

웬 천사가 자리를 양보하려고 엉거주춤한 자세를 취했습니다.

—괜찮습니다.

나도 모르게 관습에 찌든 대답을 뱉었습니다. 몰상식한 사양의 말을 그가 곧이곧대로 받아들일까 봐 노심초사했습니다. 나는 하나도 안 괜찮았으니까요.

—가방 무거워 보이는데, 앉아요.

천사의 배려에 엉덩짝을 사뿐하게 내려놓았습니다. 이것이 내게 굴러든 복, 일까요. 지하철이 정차하고 문이 열리자 천사는 참새처럼 포르르 날아갔습니다. 감사합니다. 결코 형식적으로 하는 말이 아닙니다. 다시 한번 감사의 말씀 올립니다. 살며시 눈을 감아봅니다. 황백색 빛줄기가 양 볼을 어루만져줍니다. 잎사귀가 하늘하늘 흔들리고 신선한 공기가 폐에 가득 차오릅니다. 나는 어느덧 울창한 숲에 와 있습니다. 사람은 한 명도 없고요. 꾸꾸루 꾸꾸. 산비둘기가 가지를 옮겨다니며 주문 같은 울음소리를 냅니다. 마음이 편안해집니다. 편안해진 마음 상태가 손발 끝까지 전해집니다. 내 하루는 여기서 다시 시작됩니다. 언제나 첫 단추를 잘 끼워야 하죠. 기분 좋게 녹진해진 몸을 지하철에서 끌어내 손은 손잡이에, 발은 계단의 첫 칸에 걸쳐놓았습니다.

휴대폰이 진동했습니다. 누나에게 걸려온 전화입니다. 내가 여보세요,라고 입을 떼기도 전에 그는 어디야,

하고 대뜸 물을 것입니다.

—어디야?

정신이 한결 또렷해졌습니다. 그의 까랑까랑한 목소리는 사람을 각성시키는 힘이 있어요. 귓구멍에 손가락을 불쑥 집어넣는 것 같달까요.

—곧 도착해요.

—그래, 빨리 와. 보고 싶어.

그가 밥 먹듯 사용하는 표현입니다. 누나는 속옷만 입은 채 모텔 방 이불 속에서 나를 목 빠지게 기다리고 있어요. 눈에 선해요. 문을 열고 수줍은 표정으로 얼굴을 빼꼼히 내밀면,

—우리 귀여운 돼지 왔어? 누나가 나중에 맛있는 거 사줄게. 오늘도 잘 부탁해.

이렇게, 옆머리를 괴고 누워 말하겠죠. 그럼 나는 흔들리는 싸구려 탁자에 배낭을 올려두고 끙끙 옷을 벗어요. 그는 삐죽 튀어나온 살찐 가슴과 뽀얀 뱃살, 방울처럼 달랑거리는 좆을 뚫어져라 쳐다볼 것입니다. 숙맥 같은 모습에 흥분하는 사냥감의 기호를 반영해, 그와 눈을

마주치지 않고 망설이는 척 화장실 유리문을 엽니다. 씻고 나와서도 괜스레 주춤거리며 이불 밑으로 기어 들어갑니다. 그가 원하는 대로 팬티를 발목까지 잡아당긴 다음, 촉촉한 보지를 열심히 핥고 빨아요. 내 혀는 통통한 미꾸라지 다섯 마리가 되어 그의 몸을 빠르게 드나듭니다. 그가 파트너의 혀 모양을 상상이나 할 수 있을까요? 그는 이것저것 따질 여력이 없을 겁니다. 나의 기교를 따라올 자 누구입니까. 혓바닥 하나로는 불가능해요.

자, 이제 다음 단계입니다. 그는 가쁜 숨을 몰아쉬며 절정에 도달하기 직전에 아흥 제발 그만하라고 속삭일 거예요. 그리고 구운 토마토처럼 새빨개진 내 얼굴을 밀어내겠죠. 입술이 문어 빨판처럼 쪽, 하고 떨어질 테고요. 난 이불 밖으로 나와 가슴팍에 주먹을 모으고 엎드립니다. 그가 내 엉덩이를 꼬집고 깨물고 때리다 등허리를 간지럽게 핥으면, 그에 맞춰 아흥흥 아흐흥 신음을 흘립니다. 그의 혓바닥이 민감한 부위를 지나갈 때마다 복부를 움찔거립니다. 누나는 식빵 같은 나를 이리저리 뒤집어가며 내가 그의 파트너가 됐음을 후회하지 않게 해줍니다. 단 한 번도 후회한 적 없습니다. 그가 내 불알을 진공청소기처럼 빨아 당기고 있는 지금도 마찬가지입니다. 그를 살려둔 덕에 보람찬 시절을 보냈습니다. 오늘도 내가 애무당하는 시간은 억울할 만큼 빠르게 지나가고, 그는 평소와 다름없이 어서 박아달라며 떼썼습니다. 나는 팔다리가 후들거릴 때까지 골반 흔들기를 반복합니다.

그새 날이 저물어 캄캄해졌습니다. 그가 나를 뾰로통한 표정으로 올려다봤습니다. 할 일이 끝났으니 어서 비키라는 뜻입니다. 그는 무거워진 몸뚱이를 이끌고 벌써 화장실 쪽으로 걸어갔어야 합니다. 머리를 살살 감고 몸에 거품을 묻혀 문지르고 옷을 꿰입고 화장을 고친 후, 지갑에서 만 원짜리 지폐 두세 장을 쏙쏙 뽑아 화장대에 올려놓고 누나 바쁘니까 맛있는 거 알아서 사 먹어, 잘 있어, 또 봐, 하고 말하며 문을 닫고 사라져야 합니다. 하지만 난 아직도 그의 배에 올라타고 있습니다. 해야 할 말이 있어요. 오늘은 그를 그냥 보내줄 수 없습니다. 그가 허리를 짜증스럽게 비틀었습니다.

—대체 왜 이러는데? 나 빨리 가야 돼.

나는 넓적다리로 그를 점점 옥죄었습니다.

—아야, 아파! 야!

—그만 만나자.

—아.

—이제 재미없어. 누나도 그렇잖아.

—아아아.

그는 조금 당황한 것 같았지만,

—먼저 말해줘서 고마워. 그동안 즐거웠어…….

만남을 중단하자는 제안을 예상대로 흔쾌히 수락했습니다. 사실 그가 수락하든 말든 별로 상관없지만요. 단지 그의 헌신에 대한 보답으로 끝까지 예의를 지키고 싶었습니다.

—누나, 나 할 말 있어.

—뭔데? 말해봐.

그는 콧구멍을 벌렁거리며 내 입에서 그간의 만남으로 얻은 희열을 되새기는 애정 어린 고백이 사탕 목걸이처럼 줄줄이 나오길 기대하는 것 같았습니다.

—누나 입에서 냄새나.

—뭐?

—토할 것 같아.

—뭐?

입을 꽃잎처럼 활짝 벌렸습니다. 그의 머리를 조준해 이빨을 내리찍었는데, 입안으로 땀에 젖은 머리카락과 솜뭉치만 한가득 들어왔습니다. 그가 감히 접시 위에서 내 칼질을 피했습니다! 흥분이 잦아들고 정신을 차린 상태에서 사냥을 감행했으니 그리 놀랄 일이 아니에요. 그러나 자존심이 무척 상해서, 그의 팔과 몸통을 짓누르던 힘을 불시에 거두어들이고 말았습니다. 멍청한 실수를 저질렀습니다! 졸지에 칼질 하나 똑바로 못 하고 접시를 엎은 애송이가 됐습니다. 그에게 배정한 사냥시간이 무한정 늘어났습니다. 난 언제쯤 그의 목을 딸

수 있을까요? 한 시간 뒤? 두 시간 뒤? 다른 약속도 있는데……. 열차가 운행을 멈출 때까지 그를 손에 넣지 못하면 어쩌죠? 그래도 아직은 심각하게 걱정할 필요 없습니다. 어수선한 마음을 추스르자마자 출구를 봉쇄했거든요. 그는 침대에서 바닥으로 잽싸게 몸을 굴렸지만, 딱 거기까지였습니다. 바닥에 납작 엎드린 채 죽은 것처럼 가만히 있었습니다. 바닥 냄새를 맡는 것처럼 보이기도 했어요. 너무 무서워서 도저히 못 일어나겠죠. 그가 만약 식인 괴물이 등장하는 영화에서 주인공이 살아남아 무사히 집으로 돌아가는 해피엔딩을 생각한다면, 그런 희망 따위 일찌감치 접는 게 좋습니다. 내 활력을 위해 그를 반드시 잡아먹어야 하겠습니다.

아, 씨발, 깜짝이야! 그가 벌떡 일어나 고래고래 악쓰며 화장대에 있는 일회용 면도기를 집어들었습니다. 면도기로는 내 피부를 단 0.1mm도 못 베지만, 불가능에 도전하려는 용기가 가상합니다. 이토록 활발히 움직이는 인간을 상대하는 게 얼마 만인지 모르겠습니다. 그의 행동을 예측하기 위해 상황을 좀 더 지켜보기로 했습니다. 그가 반쯤 풀린 눈으로 알아들을 수 없는 이상한 소리를 지껄이며—내 정체를 캐려는 질문인 것 같았습니다?—허공에다 면도날을 휘두를 땐 당황스러워 심장이 뜨끔했습니다. 처음 겪는 일이라 살짝 겁이 나기도 했어요. 내가 하찮은 감정에 휘둘린 이유는 그가 완전히 다른 존재로 돌변해서였지만, 그렇게까지 살고 싶을까, 하는 의문이 들었기 때문이기도 합니다. 난 오래전 가슴속에 묻어버렸던 사실, 인간도 고통을 느끼며 생존 본능이 있음을 다시 들췄습니다. 물론 평상시에도 대충 알고는 있었어요. 돈을 벌어 먹고살겠다고 지하철에서 기꺼이 뭉개지며 괴로움을 삼키는 인간들을 줄곧 봐왔으니까요. 그런데 그동안 육체적, 정신적 고통을 느낄 틈을 주지 않고 쓸데없는 저항을 방지하며 일을 처리했기에, 인간이 자신의 목숨을 빼앗으려는 사냥꾼 앞에서 거세게 날뛸 줄은 몰랐습니다. 나는 회의에 시달렸어요. 살아 있으려고 발버둥 치는 인간을 쉽게 죽여도 될까? 내게서 어떻게든 벗어나려고 알몸으로 발을 동동 구르며 텔

레비전을 던지고 서랍장을 쓰러뜨리고 거울을 박살 내고 옷걸이를 휘두르는 저 생물을 분해해 냉장고에 처박아도 되나? 씻을 수 없는 죄악을 저지르는 게 아닐까?

머리가 복잡해졌지만 단순하게 행동하기로 했어요. 머리통을 녹이려고 쿵쾅쿵쾅 그를 쫓아다녔습니다. 그가 자꾸만 방향을 급격히 틀면서 도망치는 바람에, 보들보들한 발바닥이 미끄러져 벽에 어깨를 부딪혔습니다. 고맙습니다. 분을 삭이며 착실하게 발톱을 휘두르고 공기를 딱딱 씹어댔습니다. 그의 몸은 군데군데 껍질이 벗겨진 과일처럼 생채기가 생겨 피를 찔찔 흘렸습니다. 말했다시피 사냥감이 방에 있는 갖가지 도구를 기막힌 타이밍에 활용해 완강히 저항했기에, 목을 간단히 그을 수가 없었습니다. 가죽이 질기지도 않고 갑각으로 둘러싸인 것도 아닌 물렁한 멱살에다 발톱을 대고 왼쪽에서 오른쪽으로 휙, 움직이면 끝인데 한심하게 쩔쩔매고 있습니다. 그의 임종은 엉망이 됐습니다. 본인이 자초했습니다. 그는 목이 쉬어 비명을 지르기 어려워했습니다. 비

좁고 우둘투둘한 구멍을 통과하는 애처로운 바람 소리만 간헐적으로 들렸어요. 불쌍해 죽겠습니다! 힘이 조금씩 빠지네요. 그만큼 배가 고파졌습니다. 그를 어서 섭취하려는 욕망이 고개를 꼿꼿하게 쳐들었습니다. 결국 시간문제예요. 그의 체력은 머지않아 바닥날 거니까요. 그리고 나는 인간인 척할 때의 내가 아닙니다. 내 몸은 고삐 풀린 망아지, 그물 찢은 물고기, 새장 나온 꾀꼬리예요.

그가 제풀에 지쳐 바닥에 털썩 주저앉았습니다. 뒤로 슬금슬금 엉덩이를 옮기다 창문이 난 벽에 머리를 박았어요. 이때다 싶어 궁지에 몰린 그에게 침 흘리며 돌진했습니다. 돌진이라고 해도 그렇게 빠른 속도는 아닙니다. 나는 몸무게가 많이 나가서 (대략 340kg) 달리기를 잘 못해요. 속도를 내기까지 시간이 오래 걸리죠. 토끼처럼 민첩해지긴 글렀지만, 몸통으로 밀어붙이면 파괴력이 장난 아닙니다. 그는 나를 오랫동안 허기진 상태로 방치했습니다. 난 단단히 화났습니다. 머리카락 한 올 남기지 않고 싹 다 먹어치울 겁니다. 그런데 송장처럼 찌그러져 있던 먹잇감이 일어서 창문을 벌컥 열었습니다. 서늘한 밤공기가 얼굴에 훅 끼쳤어요. 그는 건물 높이 때문에 울상 짓고 주저하다, 시시각각 육박하는 나를 한 번 돌아보더니 창틀을 넘어 건물 벽에 매달렸습니다. 그러곤 밑으로 뛰어내렸어요. 나는 창문을 산산조각으로 부수고 나서야 멈춰 섰어요.

골목길을 내려다봤습니다. 그가 어두컴컴한 아스팔트 바닥에 드러누워, 깨진 유리 조각을 뒤집어쓴 채 그어어어 크어어어어어 울부짖었습니다. 2층에서 떨어졌는데 발목이 부러지다니……. 그는 다리를 절룩거리며 모텔 입구에서 멀어져갔습니다. 다행히 주변에는 아무도 없었습니다. 하지만 수십 초 내로 소란에 민감한 사람들이 몰려올 것입니다. 경찰도 부를 거예요. 맞은편 모텔 투숙객이 호기심에 창가를 서성입니다. 나는 이대로 그를 쫓아야 할지, 말아야 할지를 놓고 고민에 빠졌습니다. 고기가 시야에서 완전히 사라질 것 같아요. 빠른 결단이 필요해요. 도움의 손길이 닿기 전에 내가 먼저 그를 붙잡고 싶습니다. 음침한 골목에선 인간과 괴물 사이의 과도기적 모습을 어떻게든 숨길 수 있으리라 판단했습니다. 아니, 그런 판단을 내리기에 앞서 다리가 창틀에 올라가 버렸습니다. 배가 너무 고파요! 지금 당장 싱싱한 인간고기에 침 묻히길 원합니다! 배낭을 몸에 걸치고, 물속을 유영하는 해파리처럼 사뿐하게 착지했습니다.

여긴 햇빛이 들지 않는 바다. 마른땅에서 두 발로 걷는, 더군다나 한쪽 발이 망가져 썩은 열매같이 대롱거리는 생명체는 위험을 피해 잽싸게 돌아다닐 수 없고 그런 기대를 해서도 안 되는 곳입니다. 스스로 물에 빠진 그에게, 돌아와제발안잡아먹을게안죽일게진짜야약속해많이놀랐지미안해미안하다니까이리와누나사랑해사랑해, 하고 소리치며 폴짝폴짝 그를 따라갔습니다. 가로등 불빛 아래에서 그가 뒤쪽을 힐끔거릴 때마다 알루미늄캔처럼 일그러진 얼굴이 눈에 띄었습니다. 벌써 다른 괴물에게 안면 피부를 물어뜯긴 것 같았습니다. 그는 주위를 두리번거리며 가느다랗게 떨리는 목소리로 살려달라고, 도와달라고 외쳤습니다. 그의 음성은 두꺼운 물의 장벽을 뚫고 퍼져나가지 못해요. 입을 열면 물이 차서 말을 꺼내기도 어려워요. 아무도…… 그를 돕지 않습니다. 도울 수 없습니다. 사냥을 방해하는 인간들은 모두 내 손에 죽습니다. 그런 줄 아세요.

그는 내가 방향 전환에 취약함을 간파했는지 구불구불한 골목에서 나를 요리조리 피해 다녔습니다. 교활한 쥐새끼 같으니라고! 설마 나를 따돌려 건물 안이나 자동차 뒤편에 숨을 작정일까요? 후후, 그래봤자 소용없습니다. 상어가 뛰어난 후각으로 사냥감을 쫓듯, 그가 길게 늘어뜨린 냄새 꼬리를 밟아 따라가기만 하면 됩니다. 부질없이 하늘거리는 해초들. 투명한 유리에 가까운 바위들. 탁 트인 공간에 머무는 편이 그에게 조금이라도 더 유리할 겁니다. 내 공격을 피해 목숨을 연장할 여지가 생기니까요.

어쨌거나 그가 자기 처지를 가급적 빨리 받아들이길 바랍니다. 고통을 지속하지 않으면 좋겠습니다. 나를 만난 이상, 고통을 끝내는 방법은 순순히 죽기 말고는 없습니다. 안 아프게 단칼에 벨게요. 길바닥에 핏자국이 선명하게 찍혀 있습니다. 그의 발바닥이 벗겨진 탓입니다. 가슴이 찢어졌습니다. 그는 아직도 희망을 버리지 못했습니다. 따뜻한 저녁밥을 먹고 잔잔한 영화를 보다 잠들고 싶어. 내일 아침 햇살을 느낄 수만 있다면……. 미안하지만 누누이 말하는데 나는 사냥을 포기할 생각이 없습니다. 그에게 마지막으로 삶을 스스로 마무리할 기회를 줍니다. 안잡아먹는대도거기멈춰왜내말을못믿어죽이지않을거야맹세해제발내게와줘누나사랑해! 그는 눈길 한 번 안 주고 가던 길을 계속 갔습니다. 도대체 뭘 믿고 저럴까요. 여기엔 네 동족이 없다니까, 혼자라니까. 너의 행성은 폭발한 지 오래다. 그의 고통을 원하지 않습니다. 남이 고통받는 모습을 보고 즐거워하는 사람이 어디 있겠습니까. 그가 마음대로 움직이게 내버려두면 안 됩니다. 내 이빨은 자꾸 빗나가, 그의 살점을 뜯을지언정 급소를 단번에 찌르진 못할 테니까요. 나의 사냥 실력을 과대평가하기 싫습니다. 달리면서 깨물기는 익숙한 사냥법이 아닙니다. 이곳에 불시착하기 전까지는 사냥해서 연명하지도 않았습니다. 접시 위에 올라간 고기만 상대하면 됐으니까.

인내심이 바닥났습니다. 놀이는 끝났습니다. 그를 그물처럼 덮치기로 했습니다. 그의 걸음걸이를 주시하며 다리를 잔뜩 구부렸습니다. 내가 날아가는 동안 그가 어느 방향으로 얼마나 움직일지 빠르게 계산한 뒤 비스듬하게 튀어올라 흡사 대포알 같은 궤적을 그렸습니다. 포물선의 끄트머리에 반들반들한 머리통이 있길 바라며. 입을 네 갈래로 펼치고 이빨을 잇몸 쪽으로 가로눕혔습니다. 입술이 팔랑팔랑 나부낍니다. 볼의 안쪽 공간을 먹잇감 사이즈의 세 배로 확장했어요. 그의 관을 짠 것입니다. *잡아먹지않겠다니까!* 그가 큰길가로 빠져나가기 직전 *잡아먹지않겠다니까!* 입으로 그를 폭 감쌌습니다. *잡아먹지않겠다니까!* 그는 하늘에서 떨어진 잡아

먹지않겠다니까! 이불에 뒤덮인 듯 내 입속에서 잠시 아등바등 *잡아먹지않겠다니까!* 주먹질을 해댔습니다. 스스슷 공기를 빼며 *잡아먹지않겠다니까!* 구강점막을 그의 *잡아먹지않겠다니까!* 피부에 밀착했습니다. 한껏 늘어진 입을 칠흑 같은 어둠 속으로 *잡아먹지않겠다니까!* 막다른 골목으로 끌고 가 그를 *잡아먹지않겠다니까!* 으깼습니다. 난 어느 때보다도 *잡아먹지않겠다니까!* 침을 활발하게 분 *잡아먹지않겠다니까!* 비해 그 *잡아먹지않겠다니까!* 를 녹였습니다. 그의 살과 뼈가 죽같이 흐물흐물해지자 그것을 목구멍 *잡아먹지않겠다니까!* 너머로 밀어넣었어요. 그를 *잡아먹지않겠다니까!* 드디어 *잡아먹지않겠다니까!* 전부 *잡아먹지않겠다니까!* 먹었습니다.

머리카락만 빼고.

왠지 오늘은 일찍 집에 못 가겠습니다. 마음이 착잡해서, 깨끗하게 씻고 침대에 누워봐야 잠이 오지도 않을 겁니다. 날뛰는 식욕을 잠재우고 나니, 눈에 묻은 오물을 걷어낸 것처럼 정신이 또렷해지는군요. 비로소 고요한 분위기에서 반추와 사색이 가능해졌습니다. 나는 전봇대에다 상반신 분량의 살점을 토했습니다. 인육을 게운 건 이번이 처음입니다. 적잖이 충격을 받은 모양입니다. 못 먹을 걸 먹은 기분이랄까요. 난 정말 몰랐습니다. 실상을 전혀 파악하지 못했습니다. 아니, 분명 알고 있었는데 시간이 흐르면서 '그런 인식'에 이르는 경로가 서서히 차단됐습니다. 사실 난 하나도 빠짐없이 기억합니다. 고기의 끈질긴 발악을요. 하얀 이불에 피 한 방울 떨어뜨리지 않고 깔끔하게 살육을 저지르기 전의 얘깁니다. 그땐 피에 젖은 내장 조각들이 도르르 벽을 타고 흘러내렸어요. 말로 다 표현하기 어려울 정도로 지저분한 풍경이었습니다. 나는 무작정 고기를 뜯어 먹으러 다녔고, 고기는 피를 콸콸 쏟으며 천천히 고통스럽게 죽어갔습니다. 그들은 하나같이 다리가 잘리면 팔로 기어갔고 팔까지 잘리면 애벌레처럼 꿈틀거렸습니다. 비명! 비명! 비명! 비명을 지르려고 태어난 생명체 같았습니다.

식사로 얻은 에너지를 청소와 빨래에 몽땅 써야 했습니다. 사냥하느라 소모한 열량을 고기로 채웠다가 뒤처리를 하면서 다시 활활 태웠으니 오히려 손해이지 않았을까 싶습니다.

하지만 에너지 낭비 없이 사냥하는 요령을 터득했어요. 번개 상대와 끈적한 섹스를 치른 직후에 그것이 방심한 틈을 타 머리를 삼키고 피를 빠는 것. 지구에 사는 나 같은 존재에게 전수해줄 수 있는 인간 사냥의 정석입니다. 실수 없이 이렇게만 하세요, 여러분. 인간을 손쉽게 고기로 만들어요. 어떠한 양심의 가책도 느끼지 않고. 양심에 찔려도 걱정 마세요. 양심은 반복되는 악행에 금방 무너지니까요. 시간이 모든 걸 해결합니다. 고통을 느낄 새가 없어 보이고 예상 불가능한 살인은 피해자가 죽음을 두려워한다는, 죽음에 대한 두려움을 삶의 동력으로 삼는 동물이라는 명백한 사실을 은폐합니다. 죽음의 의미를 축소합니다. 처절한 비명이 제거된 죽음으로 인간과 사물의 경계를 흐려버립니다. 그들이 자신의 죽음을 체감하지 못한다고 확신하는 한, 나는 그들을 얼마든지 배 속에 집어넣고 소화할 수 있습니다. 그들과 나의 차이를 부각할 때 식육에 대한 부담은 줄어듭니다. 그들이 나와 같다면 난 그들을 못 먹습니다. 그들이 나와 같은데도 불구하고 본질적인 수준에서 다르다고 믿으면, 그들을 거리낌 없이 맛있게 먹을 수 있습니다. 믿음이 깨지는 순간…… 힘들게 먹거나 토하게 됩니다. 나는 나의 식사, 나의 생존을 빚지고 있는 인간, 두 팔과 두 발 달린 모습으로 전형화된 생명체, 살기 위해 창밖으로 몸을 던질 수 있는 생물을 생각하고 있습니다.

여긴 5층 건물 옥상. 살랑살랑 봄바람이 불어옵니다. 체모가 넘실거리며 맞장구를 칩니다. 하늘에는 내가 잘게 쪼개 흡수한 사람만큼 많은 별이 뿌려져 있어요. 트림에서 그의 향수와 피땀이 뒤섞인 지독한 냄새가 납니다. 방귀 냄새는 말도 마세요. 어찌 보면 내 생활은 너무나도 황당합니다. 인간을 제 수명대로 살지 못하게 죽여 배를 불리고 기껏 먹은 걸 뱉어버리고 밤하늘의 별을 감상합니다, 하하하. 입맛을 싹 잃어버렸지만 내일 아침이 되면 오늘 일을 말끔히 잊으려고 노력하면서, 노력할 필요도 없이, 양념장에 버무린 고기를 프라이팬에 구워 잘근잘근 씹어 먹을 것입니다. 지금은 도저히 인육을 못 먹을 것 같고, 앞으로도 영영 인간고기에 손 대기 어려울 것 같지만, 내일은, 모레는 다를 겁니다. 난 오늘을 뼈빠지게 고생한 날로 기억할 거예요. 하품이 턱을 비집고 빠져나옵니다. 정말 피곤한 하루였습니다. 내일 스케줄을 소화하려면 잠을 깊이 자두는 게 좋겠어요. 조금 있으면 막차 시간이네요. 열네 시간 뒤에 봅시다. 잘 자요, 굿나잇.

21km

아 침먹 었나 요? 점 심은요 ? 나 는식 탁에앉 아초 고 추장 에회를 찍 어먹 고 있 습니 다.입안 이얼 얼하게 차 고쫄 깃쫄깃 한 식 감을음 미하 면서. 발 톱에한 점씩 걸 어입에 넣다 가욕 심이생겨 접 시에코 를처 박 고 한 주 먹씩삼 켰습 니다 .접 시를싹 싹비우 자아 쉬워 표 면 에남 은 레 몬즙을핥 았어 요. 설거 지 를건 너뛰고어 슬 렁어 슬 렁욕 실 로가이 를닦 았습 니다. 거 울에비 친언 제봐 도멋 진뻐방 패를부 풀려보 았 습니 다 . 길 이 와 지 름이제 각 각인뿔 2 6개 가공 작의 깃털처 럼 쫙펼 쳐 졌습 니다. 그 러나호 감가 는상 대 를유 혹할수 있 는머 리장 식에감 탄할 생물은여 기에한 명 도없 습 니다. 게 다 가내몸 에선 명 하게찍 힌반점에 경 의를표 할생 물

또한 없 으니섭 섭하 군요. 난나를칭 찬할 수없습 니 다. 거 울속 내얼굴 이 금세미워 집니 다 .아 무짝에 도쓸 모 없는얼 굴. 이 곳의미 적기 준때문 에예 전보다못 생 겨 졌습 니 다.못 생겼습 니다. 못생 긴사 람은(어 쩌면 나 는안 생 긴사람)죽 어마 땅합니 다. 얼 굴을가 리고다 니든 지.못 생겼는 데당 당하면꼴 사 납습니 다. 난 배웠 습 니 다. 내얼 굴이살 인충 동을일 으킨 다는 것. 길가 다돌 에맞아 죽 어도할 말이 없다 는것. 나 의죽 음을아 무도슬 퍼하지않 겠다 는 것 . 풀이 죽 어이 빨사이 에낀 음 식물 을빼 내는데 집 중합니 다. 기 분이착 가 라앉 아도한 시 간반 동안이 를쑤 시다보 면내처 지를 잊 어 버립 니다. 그 리고애 프터 눈자 위두 번.

가 벼워 진몸 으로욕 실을 나와군 데군 데창문을 열 고환기를 합 니다.오 늘도날 씨가화 창 해오전 스케 줄 을무 리없 이 매 듭지었 습니 다. 이 어서저 녁6 시1 5분 에잡 힌약 속이나 를 기다 리고있 습니 다. 싱그 러운바 람을맞으 며조 종석에 앉 아밤새도 착한메시 지를훑 어

봅 니 다. 그전 에내가 처 리했던사 람들 을 찜♥ 목 록
에서지우 고메 시지내 용도없 앴습 니다 . 기 록을그 때
그 때삭 제하지 않 으면외 식날 짜 와횟 수및주 기를한
눈 에알 수있을 겁 니다. 하지 만난그 게싫 습니 다. 식
단을떠 올리 고싶지않 아요. 죽 이고먹 기.그 것으로끝
입니다 .냉 장고에들 어간고 기의살 아생 전모습과 선
호하 는체 위와말 투등을두 고두 고기 억 하길원 하 는
사 람있나 요? 화 면을단 정히정리 한 후새 로운식 사를
계 획합 니다.

쌔끈한바텀: 저희 내일 만나는 거 맞죠?

헌팅4love: 네, 맞아요.

쌔끈한바텀: 혹시 사진 더 볼 수 있어요?

헌팅4love: 네.

쌔끈한바텀: 딱 제 스타일이시네요.

헌팅4love: 감사합니다. 님도 하나 더 보여주세요.

쌔끈한바텀: 못생겼죠, 저?

헌팅4love: 아니에요. 잘생겼어요.

쌔끈한바텀: 아, 얼른 같이 눕고 싶다.

헌팅4love: 나도요.

쌔끈한바텀: 님은 목소리가 어떤 편이에요?

헌팅4love: 많이 낮아요. 님은요?

쌔끈한바텀: 저는 높진 않아요. 보통이에요.

헌팅4love: 내가 지금 좀 바빠서. 이따 메시지 해요.

쌔끈한바텀: 아, 그러시구나. 방해한 건 아니죠?

헌 팅4lo v e:방 해한 거맞 습니다 , 새 끼야. 저 번에 했 던 애 기또하 면 서시 시하게 노 닥거리고 있 을시간 이 없 어요. 만 나기로약 속한 사 람과 는약 속지 키기에 필 수적인 대 화만 합 니 다. 이 제채 팅창을 끄고다 른인 간들 을건드 리 고다닐 것입 니다.한사 람이 라도더 물어 와 야죠. 대 화를하 고싶 은 게아 니니까 요. 아 니, 가 끔 은실 제로 만 나본적없 지 만(대 개먹 음직스 럽 진않 고)말 이잘 통 하 는사람 과즐 겁게대 화합 니다 . 길 게얘 기해 봐야하루 를넘기 지못하고연 락이 끊기 기일쑤 지 만. 그 들이오 래사 귄친구 처럼느껴 질때 가있 습니다.

대 화할 때만큼 은내 게친 구가있는 것같 습 니다 .연 락하 면언제 든만 나서밥한 끼를먹 을 수있 는친 구말 입니다. 술 집에 서수다 떨다노 래 방에가자 고나를잡 아끄는 친구요. 많 은시 간을함 께보 내다 연 인으로발 전할 가 능성 이없지 않 은친 구.그 런친 구가한두 달 에한번 쯤생 겼다 하 루도안 돼사라 집 니다. 그 에 게말 못할고 민을털 어놓곤하 는데,그 건친 구쪽도마 찬가 지입니 다 . 그렇 게밖에토 로 할수없 는고 민이에 요. 고 민거 리는나자 신과 나눌 수 없습니 다.난고 민을이 미알고있잖 아 요. 해 결책을 바라 지않아 요 .고민 을들 어줄상 대가 필 요합 니다. 아 니 ,그저 재 밌 는대화로내시 간을빼 앗아 줄사람을요 구하는 거예 요 . 나 는바빠죽 겠지만전 혀바 쁘지 않고여 유롭 기도합 니다. 때 로는지겹 도록시 간이많 아 요.나 의 시간 을좀가 져가 세요. 몸이아 니 라시간,나 와함 께있 는시 간을말 입 니다. 얼 마든지훔 쳐가 도좋 습니 다. 잠 깐이 라도괜 찮습니 다. 나 를직 접만 나주 면더좋 고요 .내본 모습 을보고 도소름돋 지않고뒷 걸음 질치 지않으 면더욱 더좋

아 요. 나 에게관심 을주 세요 ,나 에 게사 랑을좀 주세
요 . 아,너무많 은 것을 바 라고있습 니다, 미 안합 니다
(형 식적 인말). 그런 데내 가친 구를만 들려 면나 를둘
로쪼 개는방 법말 고는없 습니 까 ? 쪼개 진나도 나인
데그 게무슨 소 용입니 까? 미 안 ,미 안합니 다!그 만하
겠 습 니다. 1 8 시15 분까 지코 뿔소 가사는 집 에가 려
면그 만스크 린 을꺼 야합니 다 .

자, 나 는다 시여 자 가될겁 니다. 그 가여 자를원하
기때 문입니 다. 다 른이 유 는없습 니 다. 거 울앞 에서
신 체개 조를준 비합니 다 .기 나긴세 월손 수집 대성한
매 뉴 얼에따 라 , 넓 은골 반과가 는허리 와좁은 어 깨
그 리고 풍 만한가 슴에 서시 작합 니다.수 염과다리 털
과겨 드랑이 털은머 리카 락길 이를늘 이 는 데사 용해
요. 두다 리사이 에만 들 것은자 지와 불 알도 아 니고불
알과보 지도 아 니고보지 와자 지도 아 니 고오로 지펑
크보지하 나뿐입 니다. 셋 을섞 으면곤 란합 니다. 크 기
가너 무크 거나작 아도 ,깊 이가너 무깊 거 나얕 아 도문

제이 고요. 무 엇이 든지적 당한 것이좋 습니 다. 적 당함이 어 느정 도인지잘 은모 르겠지 만아 무 튼적당해야합 니다. 갸 름하 고눈 코입이뚜 렷한얼 굴로 대 미를장 식 합니다. 완성! 큐브 퍼즐을 다 맞춘 셈이에요.

그러나 무대에 오르기 전 준비할 것이 아직 남아 있습니다. 배우는 카메라가 작동할 때 자기가 맡은 인물이 돼야 하고, 그에 맞는 의상을 입어야 합니다. 나는 이십대 후반의 여성을 연기할 것입니다. 여자 연기는 남자 연기보다 훨씬 까다롭습니다. 남자는 아무렇게나 걸어도 되지만, 여자는 여자처럼 걸어야 해요. 아무렇게나,라는 말은 다리를 벌리고 어깨를 흔들며 걷는다는 의미입니다. 여자처럼,이라는 말은 무릎이 안쪽으로 구부러지고 엉덩이가 씰룩이는 걸음걸이를 뜻합니다. 굳이 구구절절 설명하지 않아도…… 알 만한 사람은 다 알고 몸으로 실천할 것입니다. 실천하려고 노력할 것입니다. 자주 실패할 것입니다. 실패할까 봐 두려울 것입니다. 포기도 할 것입니다. 성별에 따른 두 가지 보행 방식을 실제로 구분하긴 어렵습니다. 머릿속에만 존재하는 환상이니까요. 그래서 내가 인간의 보행을 걸음마부터 한창 배우던 시기에, 여자와 남자의 차이를 도저히 이해할 수 없었습니다. 내 눈에는 인간들이 다 똑같아 보였거든요. 비슷하게 생긴 것들이 비슷하게 움직인다고 생각했습니다. 다르게 말하자면 생김새가 천차만별이라 두 집단으로 분류할 수 있을까, 싶었습니다. 하지만 그들은 자기만의 기준을 들먹여 나를 재단했습니다. 지하철에서, 길거리에서, 식당에서, 쇼핑몰에서, 공원에서…… 장소를 불문하고 나의 인간성을 의심하는 표정과 언행으로, 내가 나를 차츰차츰 뜯어고치도록 만들었습니다. 그 기준이라는 게 무엇인지 알아내느라 10년에 가까운 시간을 투자했어요. 내 결론은 기준 따위 없다,였습니다. 그런데 마치 기준이 있는 것처럼 행동하는 법을 배웠습니다. 몸(짓)의 주류적 경향을 읽을 줄 알게 되었달까요. 경계가 흐릿하고 유동적인 두 경향성. 설명할 수 없지만 설명할 수 있다고 착각하는 법을 습득했습니다. 규범은 유리 같은 것입니다. 사람들이 규범을 떠받들어 떨어뜨리지 않는 이상, 그것은 깨지지 않고 굳건히 유지됩니다. 나는 그들과 함께 사기를 치면서 이곳의 생태계에 조금씩 적응해나갔습니다. 그렇다고 긴밀한 소속감을 느끼진 않지만, 적어도 밥은 안 굶습니다. 그게 어딥니까.

기왕 시작한 거 헛소리를 계속 지껄여볼까 합니다. 여자이고 싶을 땐 다음처럼 처신하세요. 가늘고 고운 목소리로 말하세요. 고음이어야 합니다. 콧소리를 섞어보세요. 입을 가리고 웃으세요. 글씨를 예쁘게 꾹꾹 눌러 쓰세요. 머리를 어깨까지 기르세요. 곱슬머리는 권장하지 않습니다. 손목을 자주 팔랑거리세요. 장보기와 요리에 열의를 보이세요. 요리 실력을 쌓으세요. 누구에게나—특히 남자에게—친절을 베푸세요. 애교로 위기를 모면하세요. 남자와 사랑에 빠지세요. 밥을 적게 먹으세요. 아까워 죽겠어도 조금은 남겨야 합니다. 날씬한 체형에 도달해 평생 유지하세요. 지능과 상관없이 멍청하게 구세요. 자신의 운전 실력을 폄하하세요. 수다를 떠세요. 빨래와 청소를 진심으로 좋아하려고 노력해보세요. 연약함이 미덕이라 생각하고 체력을 가만히 썩히세요. 꿈에서도 화장을 하세요. 산뜻한 옷을 입으세요. 성욕을 감춰 무덤까지 가져가세요. 수줍음의 화신이 되세요…….
이것 말고도 존나 많습니다. 차마 다 적지 못할 뿐이에요. 여자를 연기하기 위해서는 상당히 두꺼운 대본을 외워야 합니다. 남자는 반대로 하면 됩니다. 여자같이 행동하지만 마세요.

아, 물론 대본을 전부 외우긴 힘들어요. 외워서 내 몸에 다리처럼 부착하기는 당연히 불가능하고요. 나는 성심성의껏 외우는 척하는 요령을 익힌 겁니다. 누구나 규범에서 미끄러질 수 있습니다. 웬만한 실수는 사람들이 착해서 다 눈감아줘요. 실수를 어디까지 용납하고, 용납할 수 없는 선은 어디인지 파악해야 합니다. 실수하되, 적당히 실수할 것. 이게 핵심입니다. 지구에 온 지 얼마 되지 않아 뭐가 뭔지 하나도 모르는 풋내기들을 위한 교본을 내가 도맡아 집필하면 어떨까요. 내 행동반경에서 맞닥뜨린 인간들이 인류를, 지구 전체의 생물을 아우르는 대표일 리 없지만, 거주 행성에서 쫓겨나 난데없이 망명자 신분으로 이곳에 잠입할 예정인 외계인들은 나를 찾아오면 됩니다. 내가 다아아아- 준비해놓았습니다. 진수성찬을 차렸으니 몸만 오라고요. 기꺼이 떠먹여주겠습니다. 그냥 오기만 하세요, 제발.

나는 블라우스와 치마를 입고 힐을 신은 여성스러운 여자입니다. 여성스러운 여자로서 철제 계단을 조심스레 올라갑니다. 여성스러운 여자의 엉덩짝이 바다에 뜬 부표처럼 씰룩이네요. 내가 봐도 그는 참으로 우아합니다. 꽃바구니를 들고 꽃잎을 뿌리며 계단을 내려갈까 봐요. 겉모습은 평온해 보이지만 실은 뒷굽의 불친절한 면적과 높이 때문에 발목이 꺾여 계단에서 볼썽사납게 구를 것 같습니다. 여성성을 첨가할 기회를 놓쳐야겠습니다. 다음번에 다시 도전하겠습니다. 인간에게도 버거운 짓을 내 몸에 강요하다니, 잘못했습니다. 미안하다, 나의 몸. 굽이 낮은 샌들을 끼워드렸습니다. 내 분신이나 마찬가지인 배낭을 어깨에 둘러맸으니, 촬영 준비를 마쳤습니다. 집을 나서는 순간 보이지 않는 카메라가 나를 찍기 시작할 것입니다. 정신 똑바로 차려야 합니다.

오후 5시경. 햇빛이 녹아 가지에서 빗방울같이 뚝뚝 떨어집니다. 집의 금속 표면을 따라 번쩍임이 흐릅니다. 태양을 향해 날아가는 용의 비늘 같습니다. 아름답고 너른 집에 나 혼자 삽니다. 종종 나를 둘러싼 세계가 쓸데없이 풍족하게 느껴집니다. 풍족한 세계가 나를 비껴갑니다. 내 처지와 무관하게 점점 비옥해지는 숲의 땅과 무성해지는 나무처럼 말입니다. 이 세계 곳곳에 이방인을 골탕 먹이려는 함정이 설치돼 있는데, 어쩌다 발을 헛디뎌 구덩이에 떨어진 듯싶습니다. 다른 이들보다 10m쯤 아래에서 세상을 멀찍이 올려다봅니다. 그들은 움푹 꺼진 땅에 갇혀버린 나를 깔봅니다. 짬을 내어 깔볼 이유조차 없습니다. 그들에겐 허허벌판과 강과 바다와 하늘이, 신체 구조에 맞게 설계된 도시가 있으니까요. 타고난 인프라를 남김없이 빨아 먹고 있습니다. 내 주변엔 촉감을 알기 두려운 어둠뿐이죠. 빛이 들어오는 방향으로 힘겹

게 고개를 들어야만 무엇이라도 볼 수가 있어요. 집의 한 구석이 눈에 들어옵니다. 이 집은 확실히 나만의 서식처입니다. 그런데 알게 모르게 느릿느릿 붕괴하는 동굴 속에서 남의 집을 아득하게 구경하는 기분이 듭니다. 내 집에는 짙은 그림자가 드리워져 있습니다. 내가 지각하는 세상은 대부분이 암흑에 가려져 있어요. 나는 다른 사람과 물리적으로 동일한 공간에 존재하나요? 그들과 어울려 재미를 추구하고 누릴 수 있어요? 무엇 때문에 길의 폭이 갈수록 좁아져요? 왜 가는 곳마다 벼랑이에요? 바윗돌에 짓눌린 듯 자기 연민에 빠져 허우적대다

지하철역에 도착했습니다.

네,

다시

다시

다시

다시

다시 지하철입니다. 흐느적거리며 쳇바퀴에 탑승하

러 가야 합니다. 엘리베이터를 타고 내려와 카드를 찍고 지하철 안으로 굴러 들어가 자리를 잡는 과정이 웬일인지 순조롭게 이어집니다. 허벅지 위에 배낭을 두고 주위를 한번 둘러봤습니다. 여기에도 카메라가 있고, 저기에도 카메라가 있습니다. 오래된 카메라도 새 카메라도 있습니다. 걸어다니는 카메라. 서 있는 카메라, 앉은 카메라, 휠체어 탄 카메라, 하품하는 카메라, 조는 카메라, 자는 카메라, 떠드는 카메라, 쪼개는 카메라, 화내는 카메라, 게임에 열중하는 카메라, 음악 듣는 카메라, 아이 달래는 카메라, 혼잣말하는 카메라, 전단 붙이는 카메라, 전도하는 카메라, 장사하는 카메라, 구걸하는 카메라, 무시하는 카메라, 욕하는 카메라…… 그리고 내 안에서 나를 촬영하는 카메라까지. 카메라는 전부 자기 정체를 모릅니다. 다른 카메라를 찍으며 또 카메라에게 찍힙니다. 서로 찍고 찍히는 카메라들. 감시하고 감시당하기. 감시당하고 감시하기. 고개를 훠훠 내저어 망상을 떨쳐버렸습니다. 잠을 자야겠습니다. 여러분, 잠이 보약입니다. 잠이온다잠이온다잠이온다잠이온다…….

언제 어디서나 카메라가 나를 졸졸 따라다님을 '잠깐이라도' 잊어버릴 수 있다면, 그때 나와 배역의 간극은 줄어들 것입니다. 사라질지도 모르고요. 당신은 하나 이상의 인물을 절절히 연기하며 살아갑니다. 당신에게 동의 없이 주어진 배역은 꼬리표처럼 몸에 부착돼 있습니다. 죽기 전까지 뗄 수 없습니다. 죽어서도 뗄 수 없습니다. 꼬리표는 보이지 않고 실체가 없거든요. 살 속에 녹아들었습니다. 어쩌면 더 깊고 추상적인 영역에 자리잡았을지도 모릅니다. 뼈가 드러나고 내장이 쏟아질 때까지 살덩어리를 베고 떼어낸다 해도 꼬리표를 건질 수 없을 겁니다. 골 때리지 않습니까? 누가 당신 몰래 등에다 쌍욕 적은 스티커를 붙였다고 생각해보세요. 스티커는 타인의 시선을 흡수해서 당신이 모르는 사이에 덩치를 키워 피부를 뒤덮고도 증식을 멈추지 않아요. 당신의 정체성을 지배하려 합니다. 당신은 대체로 스티커의 존재를 잘 모르는 것 같습니다. 몰라도 괜찮습니다. 모르고 살아야 괜찮아요. 난 스티커를 발급받으려고 '의식적인' 노력을 쏟아부었습니다. 앞으로도 그래야 하고요. 내 연기를 끊임없이 자각합니다. 스티커와 하나 되기. 내겐 불가능에 가깝습니다. 피부에 저절로 생긴 점, 원하는 위치에 찍은 점은 성질이 다르겠지만 육안으로 구분하기 어려울 때 두 점은 같아집니다. 나는 눈속임으로 벌어먹고 삽니다. 이게 다 무슨 망언이냐고요? 그냥 사람인 척하며 사는 생명체의 잠꼬대로 치부해주세요. 당신에게는 그다지 중요한 문제가 아닐 겁니다.

구무럭거리는 강물 속으로 서서히 가라앉는 중입니다. 체온과 똑같아 피부에 닿는 느낌 없이 나를 흡입하는 잠……에 온몸을 맡기려는데, 옆에 앉은 사람이 내 허벅지를 쓰다듬었습니다. 체취를 맡아보니 오륙십대 아저씨인 것 같습니다. 치마 밑으로 손을 넣어 자지, 아니 보지를 만지고 싶겠죠. 팬티를 끌어내려 손가락을 쑤셔넣고도 남을 새끼입니다. 그의 팔을 낚아챘습니다. 손바닥에 구멍을 만들어 발톱을 꺼냈어요. 말벌이 독침 쏘듯이 손목을 난자해 끊었습니다. 옷에 피가 튀지 않게끔 그를 통로 쪽으로 살짝 넘어뜨렸습니다. 승객들이 식

겁한 새떼처럼 도망갔어요. 경찰과 구급대원이 곧 들이닥치겠네요. 날 의심하진 못할 거예요. 얼굴 예쁘고 몸매 좋은 젊은 여자가 어떻게 흉기도 없이 사람을 해치나요? 말도 안 돼요. 안타까워요. 아저씬 이제 무서워서 보지를 만질 수 없겠죠. 뭉툭해진 손으로 네 좆이나 문질러라, 하하하하하! 비명을 빽빽 지르며 바닥을 구르는 귀여운 아저씨에게 무한한 고마움을 느꼈습니다. 내 연기력의 탁월함을 몸소 증명해준 셈이니까요. 나는 진정 여자입니다!

아저씨는 진정 개새끼고요. 아, 미안합니다. 나도 모르게 개를 싸잡아 모독했습니다. 지구에 사는 개들에게 진심으로 사과하겠습니다. 그들의 원성이 자자하게 들리는 듯합니다. 멍멍! 왈왈! 실컷 짖으세요. 당신을 욕으로 쓰고 버린 인간들에게 항변하세요. 나는 개와 닮았습니다. 인간보다 개에 가까워요. 인간은 개를 먹고 난 인간을 먹지만, 그건 요점이 아닙니다. 나도 인간의 입에서 입으로 전해지는 욕으로 존재합니다. 개에게 정이 갑니다. 개를 한 명 데려와 같이 살면 좋겠군요. 인간 내장을 잘게 썰어 식사를 제공하겠습니다. 흥분해서 꼬릴 흔들 것입니다. 왜 여태 그 생각을 못했을까요. 개는 둘도 없는 내 친구가 될지도 몰라요. 개의 의견은 어떨지 모르겠습니다만. 아니, 내가 지금 무슨 기대를 하나요? 개라고 해서 뭐가 다르겠습니까? 개도 지저분한 꼴을 못 볼 게 뻔합니다. 인간답게 정돈된 모습일 때만 꼬리 치고 핥아주지 않을까요. 나는 갑작스레 손님이 온다는 소식을 듣고 거실과 방에 널브러진 온갖 잡동사니를 꾸역꾸역 집어넣은 작은 옷장입니다. 손님이 집에 머무는 사이 내용물이 언제 터져나올지 모르는 가련한 옷장. 개는 침을 흘리며 신나게 집 안을 뛰어다니다 무심코 옷장을 건드리고 말 겁니다. 뭔 말인지 알겠습니까? 쾅! 옷장의 폭발. 개의 머리로 와르르 쏟아지는 꽁꽁 숨겨왔던 나의 비밀. 개가 비밀의 무게를 감당할 수 있을까요? 꼬리에 불붙은 것처럼 집을 탈출할 것입니다.

이런, 아저씨 때문에 상념에 빠져 여기까지 오고 말

았군요. 미안합니다. 생각이 무수한 가지를 만들어 마구 마구 뻗어나가는 걸 못 막겠습니다. 그래서 항상 배고픈지도요. 배에서 꼬르륵 소리가 나니, 코뿔소가 보고 싶어졌습니다. 아저씨는 손목을 붙이러 갔나 봐요. 난 지하철 밖으로 우르르 몰려 나가는 인파에 민첩하게 편승했습니다. 천장에 달린 표지판을 유심히 들여다보고 주위를 몇 번 두리번거린 뒤 노란 블록을 염두에 두며 내 발에 걸려 넘어지지 않게 조심조심 발걸음을 옮겼습니다. 지하철이 구우우웅 가속해 떠나갔습니다. 계단의 시작점에 다다를 때까지, 지하철의 꽁무니가 훅 빨려 들어간 텅 빈 선로를 멍하니 쳐다봤습니다. 저 낡아빠진 지하철이 태어나 살면서 실어 나른 머릿수는 얼마고 몇 명이나 들이받아 으깼을지 곰곰이 따져보았습니다. 그런다고 답이 나올까 싶지만, 계단을 오르는 부담감을 덜어 조금이라도 덜 아프기 위해선 잡생각에 잠겨야 합니다. 주의를 딴 데로 돌리려는 거예요. 잡념에서 빠져나오면 어느새 계단 꼭대기에 서 있곤 했습니다. 오늘따라 다리 통증에 잠식될 듯한 불길한 예감이 들어요. 누구는 밑바닥에 떨어진 사람은 올라갈 일만 남았다고 얘기하던데, 네, 틀림없이 맞는 말입니다. '계단'을 올라가야 해요. 아직 스물세 칸이나 남았습니다. 네 번째 칸에서 멈춰 숨을 고르고 있습니다. 컨디션이 저조한 날일까요? 계단을 오르거나 내려가봐야 컨디션을 알 때가 있습니다. 계단이 컨디션을 측정합니다. 측정값에 따르면 난 지금 만신창이로군요. 알려줘서 고맙습니다, 계단. 심신이 엉망인 것과 엉망임을 아는 건 차원이 다르죠. 부정적인 몸과 마음의 기류는 꼭 내가 원치 않는 순간에—이를테면 턱이 높은 계단을 오르는데—수면으로 떠올라 대갈통을 세게 갈깁니다. 불난 집에 기름 붓고 부채질하는데—이런 상황에 쓰는 속담 맞죠?—어떻게 휘청대지 않고 버티나요? 강철이에요?

—저, 가방 들어드릴까요?

천사의 음성이 들렸습니다.

—아뇨, 괜찮습니다, 하하.

습관적으로 튀어나온 말이었지만, 난 남이 내 배낭에

손대는 걸 극도로 싫어합니다. 누가 나의 보지를 함부로 만지면 안 되듯 배낭도 건드려선 안 됩니다. 나에게 죽습니다.

—안 힘들어요?

—네.

무릎이 여덟 갈래로 쪼개질 것 같았지만 이를 악물었습니다.

—너무 무거워 보이는데.

그는 귓구멍이 똥으로 틀어막혔는지 곁을 떠날 생각이 없어 보였습니다. 슬그머니 짜증이 났습니다. 나는 애써 멀쩡한 척 한 칸 한 칸 발을 딛고, 천사는 내가 픽 고꾸라질까 봐 안절부절못하며 고행을 구경하는 꼴사나운 광경이 연출됐습니다. 배낭으로 천사를 모질게 두들겨 패는—너만 꺼지면 괜찮아, 너만!—상상으로 버텼습니다.

—그러지 말고 이리 줘요, 얼른.

보다 못한 천사가 생떼를 썼습니다.

—내 배낭이에요.

—네?

—내 거라고요!

—재밌는 분이시네요.

새끼는 가던 길을 가지 않고 시종일관 싱글벙글하며 제 멋대로 어깨끈을 벗기려 했습니다. 그러나 손가락이 다 떨어지는 한이 있어도 배낭만은 뺏기지 않을 겁니다. 배낭은 내 몸의 일부이자 연장입니다. 남에게 맡길 수 없습니다.

—내 거야! 내 배낭이야! 내 거라고!

실랑이는 그칠 줄 몰랐습니다. 계단을 허겁지겁 오르내리는 사람들이 우리를 힐금힐금 쳐다보고 그대로 지나갔습니다. 역시 날 도와주는 인간이 없군요. 왜 안 도와줄까요? 도와달라고 소리치면 도와주나요? 도움을 요청하기 겁납니다. 구조 신호가 무색하게 아무런 응답이 없을 게 뻔해서요. 내가 철저히 혼자임을 재확인할까 봐요. 그럼 수치스럽고 비참해진 나머지 머리통이 퍽, 하고 터져버릴 것 같습니다.

아아, 네가 조금만 덜 역겨웠다면…….

아아아아아아아아아아아아아아

새끼가 그들의 시선에 아랑곳하지 않고 당당하게 배낭을 물고 늘어졌습니다. 발톱으로 찌를 힘이 없어 답답합니다. 끈질긴 새끼! 지긋지긋한 새끼! 저리 꺼져! 뒈져! 나한테 왜 이러는 거야, 씨발! 새끼의 옷을 홀랑 벗긴다. 밧줄로 묶어 천장에 거꾸로 매단다. 새끼의 냄새 나는 가랑이에 '아마도' 떡하니 붙어 있을, 바들바들 떨리는 불알 한쪽을 미더덕처럼 콱 씹어 터뜨린다. 이어서 새끼 배 속으로 손을 쑤셔 박는다. 지방층과 꼬불꼬불한 내장을 지나 척추에 발톱을 건다. 뼈를 한 마디씩 한 마디씩 와드득 와드득 부러뜨린다. 걸리는 시간 18분 28초.

—그럼 번호라도 주세요.

배낭에서 마침내 손을 떼고 새끼가 한 말입니다. 번

호, 번호, 번호!!! 번호가 목적이었구나, 이 새끼! 존나 귀엽잖아! 속으로 토하듯 웃었습니다. 고작 번호 때문에 이런 수모를 당하다니요!

—싫어, 씨발놈아.

새끼의 표정이 냉동실 구석에 처박힌 고깃덩이같이 싸늘하게 굳었습니다. 새끼가 내 머리채를 잡고 계단 밑으로 내동댕이쳐도 난 놀라지 않을 겁니다. 그래도 씹새끼답게 존나 잘생겼습니다. 배낭도 주고 몸도 주고 다 주고 싶을 정도로요. 얼굴에서 빛이 납니다. 엉덩이와 허벅지도 물이 그득한 수박처럼 탄탄해 보이고 웬만하면 고추도 실해서—접시가 모자라게 푸짐한 회!—나를 실망시키지 않겠어요. 새끼는 어플에서 발견했다면 내가 먼저 메시지를 수십 번 보낼 만큼 우수한 신체 조건을 갖췄습니다. 다짜고짜 화를 내는 대신, 순순히 번호를 갖다바쳐야 했을까요? 오랜만에 사람 새끼와 연애 놀이 하다가 모텔 방에서 잡아먹어도 나쁘지 않을 텐데요. 하지만 새끼는 이미 날아가고 없습니다. 다정한 계단과 나, 둘뿐입니다. 오늘 밤 그 새끼가 꿈에 나왔으면 좋겠습니다. 내 귀를 핥으며 사랑한다고 말해준 다음, 밀폐 용기에 담겨 배낭에 들어갔으면 좋겠습니다.

유유히 흘러가는 무빙워크에 의지해, 먹음직스러운 뒷다리의 잔상을 몰아내려 힘썼습니다. 꿈에서 즙이 흥건한 그의 똥구멍을 빨더라도 일단은, 코뿔소에게 정성을 쏟아야 합니다. 코뿔소가 내 삶의 전부인 양 굴어야죠. 그래야 일을 최대치로 즐기면서 실수 없이 마무리할 수 있습니다.

—죄송한데요, 다음에 보면 안 될까요?

세상이 나를 죽이려고 작정한 듯합니다.

—지금 가는 중인데요. 거의 다 왔어요.

난 아직 죽을 생각이 없습니다.

—어디신데요?

—이제 집 앞이에요.

—네? 안 보이는데요.

—농담이고, 한 정거장 남았어요.

—아, 네…….

—왜 그러세요?

—그냥 몸이 좀 안 좋아서.

—저도 몸은 안 좋아요.

—아…… 그럼 기다릴게요.

—하기 싫으면 일찍 말하지 그랬어요.

—아니에요, 괜찮아요.

무슨 꿍꿍이일까요? 마지못해 나를 만나려는 인간, 나도 만나기 싫습니다만. 번개도 서로 원해야 성사됩니다. 상대방의 몸에다 내 몸을 문지르려면 허락을 받아야죠. 그러나 시간과 노력을 들여 타지에 발 들인 입장에서 고기를 얻어가지 못한다? 손해가 막심할 것입니다. 약속은 소중합니다. 약속을 멋대로 깨선 안 됩니다. 그에게 양심이 한 방울이라도 남아 있다면, 연락을 끊고 잠적하진 않을 거예요. 내가 아는 집 주소가 틀리지 않길 바랍니다.

원룸 건물 입구에서 땀을 식히고 숨을 가누고 있습니다. 숲을 벗어나 그의 집으로 오는 여정이 워낙 험난했던 탓에, 도로 한가운데에 드러누워 5톤 트럭에 짓이겨지고 싶은 충동마저 들었습니다. 갈아탄 지하철엔 앉을 자리가 없었고 에스컬레이터는 고장이었으며, 지도상에 표시되지 않는 오르막길이 지하철 출구부터 1.6km가량 쭉 이어졌습니다. 중력이 구름처럼 무심하게 나를 탄압합니다. 나는 이미 구멍 속에 박혀 있는데 얼마나 더 깊숙이 집어넣으려는 걸까요? 따사로운 봄볕이 목을 졸라옵니다. 무기력과 우울은 날씨와 관련 없어 보입니다. 비가 오면 비가 오는 대로, 하늘이 맑으면 맑은 대로 컨디션 조질 때가 있으니까요. 날씨는 날씨입니다. 날씨는 잘못이 없어요. 날씨는 내게 별 관심 없습니다. 실타래처럼 엉킨 심신을 풀어낼 열쇠는 어디에 어떤 모습으로 있나요. 불쑥불쑥 고개 내밀어 내가 자살이든 타살이든 죽어 사라지길 염원하는 씹새끼들을 저주해서는 무엇도 달라지지 않습니다. 그들을 (마음속에서) 거덜 나게 살해해봤자 소용없다고요……. 그 사실이 나를 쫓아다니며 괴롭힙니다.

그를 만나러 가겠습니다. 빙산 같은 계단이 나를 기다립니다. 다행히 다섯 칸짜립니다. 양호한 편이에요. 코앞에 101호가 있어요. 저층에 사니 코뿔소를 파트너로 고려해볼 만하군요. 혀 놀림까지 훌륭한 경우엔 열한 번째 파트너가 되어도 손색이 없을 겁니다. 아픈 몸을 핑계로 나를 쓰레기 취급한 전력, 형편없는 교통편과 비탈길만 빼면.

암벽 등반가가 로프에 매달리듯 계단 손잡이를 붙잡았습니다. 끙끙끙끙끙끙끙끙끙끙끙끙끙끙끙끙끙. 계단 오르기를 매번 고통스럽게 묘사해서 미안합니다. (고통스러운데 어쩌라고요?) 나 때문에 계단을 미워하진 마세요. 나를 미워하지 마세요. 엘리베이터 대신 계단을 이용하면 전기도 아끼고 건강해집니다, 여러분. 야호! 다

올라왔습니다. 정상입니다. 기뻐할 틈 없이 101호 현관 문을 방방 두드렸습니다.　　문을 방방 두드렸습니다. 문을 방방 두드렸습니다.　　문을 방방 두드렸습니다. 문을 방방…… 두드렸습니다.　　방방…….　　기척이 없네요. 헛걸음했습니다. 그 자리에 그만 털썩 주저앉았습니다. 겨울의 끝자락에 비 맞은 눈사람처럼 다리가 질펀하게 녹았습니다. 일어설 의지를 상실했습니다.

—들어오세요…….

계단에서 굴러버릴까 생각하는데, 문이 살짝 열리더니 웅웅거리는 목소리가 들렸습니다. 코뿔소는 아직 모습을 드러내지 않았어요. 얼굴 보여주길 꺼리는 듯했습니다. 문손잡이에 손가락을 걸고 무너진 탑을 복원하듯 다리를 쌓아올렸습니다. 그는 현관 안쪽에 우두커니 서서 번개 상대가 알아서 들어올 때까지 잠자코 기다렸습니다. 마음의 준비를 하는 걸까요? 아니면 그저 내성적인 성격일까요? 뜸을 들이다 문을 벌컥 젖히자, 그가 화들짝 놀라며 뒷걸음질 쳤습니다. 아…… 그곳엔 코뿔소가 아니라 코끼리가 어슬렁거리고 있었습니다. 빼도 박도 못하게 사기당했습니다. 이럴 수는 없습니다. 내게 이런 일이 생길 순 없어요. 꿈인가요? 코끼리 고기를 어떻게 옮겨요! 무거워서 화장실에 끌고 가지도 못해요. 찬찬히 들어올려 피 빼기조차 힘겨울 것입니다. 그의 몸무게는 83kg이 아니라 적어도 130kg은 될 것 같았습니다. 그가 아무리 젖꼭지를 잘 빨고 고기 맛이 좋다 해도 그를 깨끗하게 잘라 집에 가져갈 수 없으면 무슨 소용입니까? 나는 식량을 구하러 왔습니다. 그리고 이불이 더러워지는 건 참을 수가 없습니다!

—안 들어오고 뭐 하세요?

—아, 네…….

—실물이 더 예쁘세요.

—감사합니다.

—저 너무 오랜만이에요…….

코끼리가 얼굴을 붉혔습니다.

—네?

—누굴 만난 것이.

—아, 그러시구나.

—떨리고 걱정돼서 다음에 볼까 했어요.

—그래서 나보고 나가라는 건가요?

—아, 아뇨! 아뇨! 막상 만나니 좋아서요…….

그는 손사래를 치며 침을 튀겼습니다.

—꾸물거리지 말고 빨리 시작해요. 진 빠져서 기절하겠다고요.

신발을 팽개치고 왼편 화장실 문 앞에 배낭을 내려놓았습니다. 코끼리의 두툼한 혀를 낑낑 빨아당기며 그를 침대 쪽으로 몰아갔습니다. 집이 좁아터져 세 걸음 만에 눅눅하고 누리끼리한 이불에 벌러덩 드러누웠어요. 코끼리는 5년쯤 굶었는지 상아로 옷을 죽죽 찢더니 나를 입에 넣고 굴리다시피 했습니다. 그의 혀가 미치지 않는 부위가 없었어요. 어떤 후미진 곳도 예외 없이 파고들어, 며칠이 지나도 지워지지 않을 짜릿한 감각을 새겼습니다. 바다를 가르는 지팡이처럼 몸에 뚫린 구멍이란 구멍은 죄다 활짝 열어버릴 태세였습니다. 이렇게 폭신하고 살갗이 델 듯 뜨거운 기구를 써본 적이 없습니다. 그가 음경처럼 튀어나온 음핵—혹은 음핵처럼 가는 음경—을 내 보지에 비비자 내가 여기에 왜 왔는지 새하얗게 망각하고 말았습니다. 정신이 흐리멍덩해졌어요. 머리통을 우주로 쏘아올리는 기분이었습니다. 하 ㅇㅏㅎ ㅇㅏㅎㅎ 그는 나를 뼛속까지 해체해 다시 조립했습니다. 내가 졌습니다. 완전히 굴복했어요. 그에게 사랑 고백을 질질 흘렸습니다. 오늘부터 그는 내 파트너입니다. 아니, 그와 오래오래 사귀고 싶어요. 이참에 결혼식이라는 걸 올리고 싶습니다. 하루도 거르지 않고 그의 혓바닥 위에서 놀아날래요!

언제 빨았는지 알기 두려운 이불을 덮은 채 그에게 연인처럼 안겼습니다. 정말이지 양털 방석을 깔아놓은 소가죽 소파에게 대접받는 느낌이었어요. 그의 침 냄새는 똥내와 구분이 잘 안 됐습니다. 피부에선 온통 썩은 똥냄새가 났습니다. 그게 무슨 상관입니까? 아직은 살만한 세상인걸요. 이런, 상대방이 오르가슴에 도달한 직후 목을 깨물어야 하는 철칙을 어겼습니다. 놀랍지도 않아요. 평소 같으면 내 어깨와 허릴 감싸고 있는 포동포동한 두 팔은 화장실 바닥에서 외로이 뒹굴어야 합니다. 그러나 그의 팔이 계속 나를 안을 수 있게 놔두고 싶습니다. 어차피 그를 분해하긴 무리입니다. 나를 비난하려거든 마음대로 하세요. 이 사람과 나는 결혼할 것입니다.

—너 머릿결 진짜 좋다…….

그가 내 머리를 살살 쓸어내렸습니다.

—고마워, 언니.

—사랑해.

—나도 사랑해.

—자세 안 불편해?

—응, 괜찮아.

—진짜?

—진짜.

—사랑해.

—나도 사랑해.

—내가 더 사랑해.

—아냐, 내가 더 사랑해.

—자고 갈래?

—아…….

그제야 다음 일정이 몇 시부턴지 생각났습니다. 산더미 같은 일거리가 의식의 영역으로 밀물처럼 몰려왔습니다.

—나 바쁜 일 있어. 가야겠다.

옆으로 돌아눕자 무뚝뚝한 현관문이 보였습니다.

—지금?

—응, 지금.

—좀 더 있다 가지. 나 할 일도 없는데…….

그가 아양을 떨며 골격이 으스러질 듯 나를 꽉 껴안았습니다. 숨이 턱 막혀 사고가 마비되는 것 같았어요. 맥이 풀린 상태라 반격할 자신이 없었습니다. 사냥하러 왔다가 허무하게 사냥당하겠구나 싶었습니다. 현관문의 형상이 점점 뿌예졌어요.

—다, 다음에 만나…… 나중에 연락할게.

—알았어…….

그래도 말귀를 알아들었는지 결박을 금방 풀어주었습니다. 침대에서 일어서려는 찰나 한쪽 손목을 붙들렸지만요. 그의 눈빛은 너무 섭섭하니 네 손목을 분지르고 껍질을 벗겨야겠다 은근히 협박하고 있었습니다. 손목에 감긴 통통한 손가락을 하나씩 떼어냈습니다.

깃털처럼 바닥에 어지럽게 떨어진 옷 중에서 입을 만한 걸 못 찾았습니다. 그가 팬티와 양말까지 몽땅 뜯어버렸기 때문입니다. 그는 침대에 구부정하게 앉아 내가 어떤 결단을 내리는지 두고 보자는 심정이었을 겁니다. 가방에 챙겨 온 다른 옷을 꺼내자 어머 제법인데, 하는 눈치였어요. 화장이 지워지지 않게 조심하며 후딱후딱 구색을 갖추느라 땀방울을 몇 개 흘렸습니다. 집에서 늦은 점심을 먹고 다시 나온 뒤로 배낭은 아직 텅텅 비어 있습니다. 배가 고파 속이 쓰릴 지경이어서, 손을 흔드는 그의 어깨에 이빨을 박고 싶었습니다. 팔 하나쯤 없어도 애무하는 데 걸림돌이 되진 않을 거라 생각해 그에게 달려들어 팔을 뽑기 전에, 문을 닫고 건물 바깥으로 뛰쳐나왔습니다. 육포를 한 움큼 입에 물고.

네 번째 스케줄

시작.

14.5km

쌔끈한바텀: 지금 뭐 하세요?

헌팅4love: 아무것도 안 하는데요.

쌔끈한바텀: 점심은 드셨어요?

헌팅4love: 네.

헌팅4love: 님은요?

쌔끈한바텀: 저도 먹었어요.

헌팅4love: 근데 왜 자꾸 메시지 보내요?

쌔끈한바텀: 무슨 말씀이신지.

헌팅4love: 번개하면서 뭐 그렇게 궁금한 게 많아요.

쌔끈한바텀: 아, 죄송합니다. 처음이라서.

헌팅4love: 오늘 시간이나 잘 지키세요.

쌔끈한바텀: 네, 죄송해요.

헌팅4love: 님은 뭐 하시는데요.

쌔끈한바텀: 아, 저, 저요? 저는 음, 그냥 침대에 누워 있어요.

헌팅4love: 아, 그러시구나.

쌔끈한바텀: 혹시 번개 많이 해보셨어요?

헌팅4love: 그냥 한두 번 정도…….

쌔끈한바텀: 아아.

헌팅4love: 학생이에요?

쌔끈한바텀: 아뇨, 직장 다녀요. 출근은 저녁에 해요.

헌팅4love: 번개는 왜 하려고 그래요?

쌔끈한바텀: 그냥 좀…… 외로워서. 애인도 안 생기고.

헌팅4love: 애인 사귄 적 없어요?

쌔끈한바텀: 딱 한 번요. 몇 년 전에. 님은요?

헌팅4love: 난 한 번도 없어요.

쌔끈한바텀: 인기 많으실 거 같은데…….

헌팅4love: 사정이 좀 있어서요.

쌔끈한바텀: 아아, 님은 무슨 일 하세요?

헌팅4love: 비밀이에요.

쌔끈한바텀: 아, 네.

헌팅4love: ……나 사실 외계인이에요.

쌔끈한바텀: 아하하, 진짜요?

헌팅4love: 농담 아니에요.

쌔끈한바텀: 그럼 어쩌다 여기에……?

헌팅4love: ……전쟁이 일어났거든요. 적군에게 쫓기다 지구에 떨어졌어요. 여기엔 나 혼자밖에 없는 거 같아요. 아무한테도 연락이 안 되니까. 연료가 없어서 고향으로 돌아가지도 못하고. 어차피 고향은 사라졌지만. 이렇게 저렇게 15년을 살았어요.

—저런.

—미친 새끼라고 생각하죠?

—아, 아니에요.

—거짓말! 누가 내 말을 믿겠어.

—으음…… 음식은 입에 맞던가요?

—네? 네, 음식은 괜찮아요.

—다행이네요.

—그렇죠.

—그럼 지금 우주선에 있겠네요?

—네, 숲속이에요. 휴양림.

—아, 좋은 데 사시네요.

—우주선 구경시켜줄까요?

—너무 좋죠.

—만나보고 괜찮으면 집으로 초대할게요.

—와, 신난다.

—하나도 안 신나 보이는데.

—진짜 신나요. 정말이에요. 와와!

멍청한 새끼. 존나 죽여버리고 싶다.

—근데 외계인처럼 안 생겼어요.

—외계인은 어떻게 생겨야 되는데요?

—왜 영화에 나오는 그런 모습 있잖아요.

—그게 어떤 모습이죠?

—푸르스름한 피부에 머리 크고 눈이 주먹만 하고 팔다리가 가느다란…….

—난 그렇게 안 생겼어요. 그리고 그런 종족은 본 적

이 없는걸요.

—그래요? 다 지어낸 건가?

—네.

—그렇구나. 혹시 인간으로 변신했어요?

—그럼요. 그래야 님 같은 사람 꼬드겨서 번개를 하죠.

—하하하하, 그렇겠네요.

—그럴듯하게 안 하면 이 바닥에서 못 살아남아요.

—그래서 님은 어떻게 생겼는데요? 원래 모습이요.

—샛노란 파충류 피부, 얼룩덜룩한 붉은 점, 파란 털, 다리 세 개, 팔 하나, 검은 손톱 하나, 삽입성기 네 개, 흡입성기 열일곱 개, 엉덩이 없음, 어깨 거의 없음, 짧은 목 하나, 머리 하나, 황금색 눈 두 개, 콧대 없음, 콧구멍 두 개, 입 하나, 이빨 팔십 개 내외, 혀 다섯 개, 귓구멍 두 개, 귓바퀴 없음, 검은 뿔 스물여섯 개…….

상상할 수 있나요?

—아…… 구체적이네요.

—무서워요?

—네, 조금.

—걱정하지 마세요. 해치지 않아요.

—고마워요, 하하하.

역시 장난으로 알고 있어, 이 망할 새끼.

—님은 취미가 뭐예요?

—노을 감상이요. 그리고 일광욕.

—고향에는 노을이 없었나요?

—없었어요. 밤하늘도 여기만큼 근사하지 않았어요. 지구에 비하면 밋밋한 곳이었죠.

—지구가 마음에 들어요?

—아뇨. 삭막해요. 님은요?

—글쎄요. 그냥 사는 거죠, 뭐.

—난 하루빨리 여길 벗어나고 싶어요.

—나도 데려가세요.

—오늘 하는 거 봐서요.

거울 속에 근육질의 치즈 덩어리 같은 인간이 벌거벗

고 서 있습니다. 내 몸을 갈아 만든 작품이지만 정말 군침이 도는 '남성'의 육체입니다. 아름다운 몸은 금덩이 못지않게 값진 자원입니다. 케이크처럼 8등분으로 잘라 피거품을 입가에 묻히며 게걸스레 삼킬 만합니다. 나는 나를 먹을 수 없으니 남을 먹고 살아야 합니다. 남에게 살을 뜯길 때도 있습니다. 하지만 아직 안 죽었어요. 시퍼렇게 살아 있어요. 앞으로 내가 먹을 사람들이 꼬리에 꼬리를 물고 줄을 섰습니다.

이제 당신들도 내 생활 패턴을 머리에 입력했으리라 믿습니다. 신체 변형을 마쳤으니 몸의 형태에 걸맞은 동작을 연습하고 옷을 입을 것이다. 내 행동을 충분히 예상할 겁니다. 당신은 싫든 좋든 나를 생각하고 있습니다. 내게 얼마간 익숙해졌습니다. 내가 당신의 일상에 침투했다고 봐도 될까요? 성공입니까? 실패했습니까? 최소한 사흘 동안은 나를 잊지 못하겠죠. 지하철 안에서 주제넘게 커다란 배낭을 메고 휘청거리는 나를 찾아낼지도 모릅니다. 앓는 소릴 내며 계단을 오르는 내가 보일지도 몰라요. 화장실에 잘못 들어왔다 내빼는 나에게 비명을 지를 수도 있습니다. 확률은 현저히 낮겠지만, 당신은 데이팅 어플에서 나를 만나 약속을 잡고 내 성기를 땀 흘리며 열심히 빨거나 당신의 성기를 맘에 드는 구멍에 집어넣을 수도 있어요. 황홀경에 젖어 있다 잡아먹힐 수도, 나의 열두 번째 파트너가 될 수도 있죠. 그러나 당신은 죽었다 깨어나도

모를 것입니다.

내가 누군지, 어디에서 왜 왔는지, 대체 뭘 하며 살고 있는지, 섹스하기 전엔 어떤 생각을 하고 섹스할 때는 어떤 생각을 하며 섹스하고 난 후엔 어떤 생각을 하면서 떠나는지, 당신은 알아낼 도리가 없을 겁니다. 목숨이 다할 때까지 나를 한 번도 마주치지 않을 거니까. 마주쳐도 모를 테니 마주치지 않는 것이나 다름없어요. 당신이 나를 모른다고 시치미 떼도 원망하진 않으려고요. 마음껏 모른 척하세요. 잊어버리세요. 잊어버리는

편이 좋습니다. 왜 뜬금없이 감상적인 얘기를 늘어놓는지 궁금한가요? 이야기가 거의 끝나가기 때문입니다. 언제 끝날지는 모릅니다. 그냥 그런 기분이 들어요. 작별인사는 원래 헤어지기 직전에 해야겠지만, 헤어질 날짜와 시간을 알 수 없으니 미리 인사를 해두려고요. 안녕히 계세요. 헤어지기 전까지 작별인사를 계속할 것입니다. 당신에게 내가 유한한 존재임을 끊임없이 일깨울 생각입니다.

엘리베이터가 나를 지하로 내려보냈습니다. 지하철을 기다리며 안전문 유리창에 내 꼬락서니를 비춰 보고 가다듬었습니다. 어김없이 열차가 들어와 옆구리를 열었습니다. 똥과 방귀가 가득 찬 엉덩이를 빈틈없이 붙이고 앉아 한 자리도 내주기 아까워하는 승객 새끼들…….
나 빼고 모두 다 불행해졌으면 좋겠습니다. 힘을 내 조금만 더 불행해지세요. 나는 스스로 행복해지는 법을 모르겠습니다. 나에게 당신의 좆같은 인생을 하소연하며 펑펑 울어보세요. 당신이 흘린 눈물을 닦아주고 위로해

주며 웬일로 나보다 더한 새끼가 있네 싶어 부쩍 안심할 것입니다. 쉽진 않겠지만 같이 울어줘볼게요. 누군가를 딱하게 여길 기회를 주세요. 나만 쯧쯧 소리 듣는 처지에 놓이는 건 불공평합니다. 그렇다고 나를 진정 위로해 줄 것도 아니잖습니까! 다 죽어버려!!! 지구도 파괴하란 말이야, 씨발새끼들아! 왜 하필 나냐고!! 흑흑, 통제력을 잃고 말았습니다. 지긋지긋합니다. 괜찮은 척하는 데 신물이 난단 말입니다…….

이제 좀 진정됐습니다. 솔직하게 내뱉고 나니 머리가 맑아요. 여러분, 아직 거기 있나요. 내가 돌아왔어요. 지하철 구석에 얌전히 앉아 목적지까지 가겠습니다. 소리 지르지 않겠습니다. 욕하지 않겠습니다. 남 탓하지 않겠습니다. 미안하지도 않으면서 미안하다고 말하지 않겠습니다. 그를 만나기 전에 눈 좀 붙이겠습니다. 미안……합니다, 안녕히 계세요.

구름이 자꾸 탁해지고 무거워집니다. 바람이 성깔을

부려 쌀쌀합니다. 비가 곧 내리겠습니다. 습기를 머금어 물렁한 나무 벤치에 앉아 그를 기다렸습니다. 공원에서 만나 모텔까지 걸어가기로 했습니다. 아, 빗방울이 땅을 적시기 시작하네요. 아직 우산을 쓸 정돈 아닙니다. 방수 재질의 운동복을 입고 왔으니—배낭이 참으로 잘 어울립니다!—비를 맞아도 상관없고요. 그는 언제 나타날까요? 벌써 10분이나 지났습니다. 나는 시간을 목숨처럼 아끼는 사람입니다. 그의 목숨을 아낄 생각은 별로 들지 않는군요.

—저 도착했어요. 앞으로 조금만 걸어오실래요?

—네? 안 보이는데. 나 여기 벤치에 앉아 있거든요. 빨리 오세요. 왜 시간을 안 지켜요.

—아, 죄송합니다. 50m 정도만 걸어와주세요. 부탁합니다. 어차피 모텔 가려면 이쪽으로 나와야 되니까요.

배낭에서 톱을 꺼내라고 윽박지르는 마음을 갈비뼈 속에 고이 모셔둔 채 속는 셈 치고 그의 명령에 따랐습니다. 그러나 여전히 칙칙한 풀밭과 지지대에 둘러싸인 비실비실한 어린나무와 비에 젖은 비둘기밖에 보이지 않았습니다.

—어디 있어요?

—세 발짝만 더요.

—빨리 나와요, 좀!

—네네, 다 됐어요.

깡.

쇠파이프가 뒤통수를 휘갈겼습니다. 속수무책으로 벽돌 바닥에 턱을 찧으며 쓰러졌어요. 갈라진 두피에서 걸쭉한 우유 같은 액체가 샘솟았습니다. 머리카락을 헤치고 뺨을 가로질러 코와 입술 끝에 매달려 똑똑 떨어졌습니다. 오랜만에 맛보는 핏방울입니다. 시고 쌉싸름한 맛이 납니다. 팔다리가 두 개씩 그대로 붙어 있어요. 의식이 몽롱하지만 느낌이 그래요. 신체가 개조 전으로 돌아가진 않았나 봅니다. 고무줄을 맥없이 놓쳐버릴 만한 타격은 아니었어요. 하지만 위태위태합니다. 바람을 토하며 헬렐레 날아다니는 풍선처럼 급속도로 연약해지고 있습니다. 때마침 흥분한 패거리가 몰려오는 소리가 들렸습니다. 기절했어? 아니, 기절한 척하는 거야. 난 이제 좆됐구나 생각했습니다. 정말로 좆이 되겠구나. 좆이 돼버리고 말겠구나. 줄을 놓치는 정도가 아니라 줄이 아예 끊어지겠구나…….

그들은 내가 고생해서 빚은 걸작을 고기 다지듯 자근자근 밟아댔습니다. 본색을 드러내기 싫었습니다. 밟혀도 인간으로 밟히고 죽어도 인간으로 죽고 싶었어요. 인간을 증오하면서 증오심을 제쳐두고 그들을 빼닮으려는 몸부림을 이해하나요? 사회의 일원이 되고자 하는 욕망이 그들의 질서에 포섭되는 굴욕감을 번번이 압도합니다. 내 몰골로 비웃음을 사거나 누군가를 겁에 질리게 하기, 딱 질색이라고요. 힘닿는 데까지 인간 시늉에 최선을 다하겠습니다.

퍽 퍽퍽 퍼버버버버버벅 퍼버벅 퍽퍽퍽 퍼벅 퍼버버

버벅. 전자레인지 속 옥수수 알갱이처럼 뜨거워졌지만, 튀겨지지 않으려고 젖 빨던 힘과 좆 빨던 힘을 쥐어짰습니다. 덕분에 다리가 부러져도 인간의 다리가 부러졌습니다. 갈비뼈가 무너지고 머리뼈에 금이 가도 그건 어디까지나 인간의 신체 부위였습니다. 그러나 터져나오는 흰 피를 막을 순 없었습니다. 압력을 견디지 못해 바위틈을 뚫고 분출하는 마그마 같았어요. 칙칙! 치지직! 얼굴과 가슴팍에 진득진득한 피가 흩뿌려지자 씨발새끼들이 하나둘씩 기겁하며 하던 짓을 멈췄습니다. 어어, 이게 뭐야! 지, 진짜 외계인이었어, 씨발? 나는 하하하하하하하하하 웃음보가 터지고 말았습니다. 늑골이 자꾸 들썩여 실신할 것 같았지만, 웃음은 멈출 기미가 보이지 않았습니다. 내 피는 그냥 피가 아닙니다, 여러분. 인간의 살을 녹이는 산성 피예요, 하하하! 그들이 발 맞춰 뒤로 물러났습니다. 피부가 녹아내리는 고통으로 눈에서 피눈물이 쏟아지겠죠. 옴짝달싹할 수 없는 상태만 아니었다면, 새끼들이 시끄럽게 비명을 내지르지 못하게 아래턱과 위턱을 분리했을 텐데 아쉽습니다. 내 비명만 들어도 충분합니다. 남의 비명까지 들어줄 여유 공간 따위 뇌에 마련되어 있지 않습니다. 새끼들이 사방으로 내빼자 적막이 찾아와 나를 감쌌습니다. 집으로 꺼져라, 이것들아. 너희 양육자 혹은 형제자매에게 똥이나 닦아달라고 하란 말이다. 가족이 없으면 네가 알아서 해, 하하하하하하!

안녕히 계세요. 나는 죽어갑니다, 여러분. 원래 속도보다 조금 더 빠르게 죽고 있을 뿐입니다. 죽음을 앞당긴 셈이에요. 나의 자가치유 능력은 인간에 비할 바가 아니어서—회복력이 장난 아니다, 이 말씀입니다!—며칠만 푹 쉬고 나면 다시 예전의 평화로운 속도를 되찾을 것입니다.

요란하게 천둥이 치고 번개가 내리꽂혔습니다. 폭우가 쏟아졌어요. 온몸을 동여맸던 그물을 드디어 풀어놓았습니다. 물고기가 우수 수수수 수 수 수빠 져나갑 니다. 내의 지로그 렇게 한건아 닙 니 다. 따 갑게떨어 지는차 가운빛 줄 기가 몸 에남은 소 량의에너 지까 지죄 다빨아먹 었 기 때 문입 니다. 아 ,나 는흐르 는물 에씻 긴닭 이 나돼지 의내 장더 미처럼 변 했 습니 다.상 처입 은 인 간 은상처 입 은외 계생물 이 었습 니다. 상 처는 어 디 가 지않 고그대 로나 에게왔습 니 다 . 신 체가심 하 게손 상된 외 계 인을건드 릴 사 람은 아 무도없 겠 죠? 병 균이옮 을지 도모 르고, 갑 자기벌 떡일 어나위 해 를가 할 지도모 르 니 까요.

그 런데난 살 아있나 요과 연 ? 내 가살아 숨 쉬 는생 명 체인가 요?전 현실감 이 나질않 습니 다. 그 칠줄 모 르는상 념은이 미 삶 의문 턱을넘어 흘러 가나 요. 어 서 비가 그 치길빕 니 다 .지 금은한발 짝 도못움 직이 겠 습니다. 바 람에부 스럭 대는쓰 레 기봉 투처 럼부풀 었 다꺼 졌 다할뿐 입니 다. 먼 저가세 요 . 곧지 하철역 으 로찾 아가 겠습 니다.

반나 절뒤지 하철역 에도 착했습니 다.몸 을한 번 잡

아끌면 ,3 0초 쯤뒤에 명 령을듣 고끌 려왔 습니다. 철 퍽 거리 는소 리 가 승 강장에울 려퍼 집니 다 . 너 덜너 덜 한몸 의요 철에박 힌빗 물이 채 다마르 지 않 았습 니 다. 여 긴새로 생 긴 동 굴처 럼텅 비 어있습 니다.동 굴은계 속해서넓 어 졌 습니다. 의 자에 앉 아,아니 누 워지하 철 이오길 하 염없이기 다렸 습니 다. 지 하철 문4 0개가활 짝열 렸지 만, 그 중 에내가 들 어갈 문 은없었 습니 다. 승 객이 넘 쳐서가아 니라 — 다 들어디 로사 라졌는 지 승 객을한 명 도못봤 습니 다—가 사상 태에빠 져있 다 지 하 철이도 착하 는소리 를듣 고 일 어나 , 정 해진시 간내에 출 입문 을통 과하기난 감했 기때 문입니다. 마 치내가 도 착하기직 전 에 문 을닫 기 로작정 한 것같 았습 니다. 심 지어 문앞바 닥 에누 워있었 을 때 도지 하 철에못 탔습 니 다.문 이열 리 자마 자거센 바람 을 일으 키 며닫 힌듯 합니 다. 아 니 ,문 을열지 도않 고그 대 로 출 발한게 아 닐까요 ? 혹은역 을그 냥지나 쳐버 렸는지 도 모 릅니 다. 지하 철 이아직 도 착하지않 았 을 수도있 고 요.아,내인 지 능 력을못믿 게 됐 습니 다.

쥐새 끼한 명 없 는이 곳에완 전 히갇 혔 습니다. 뒤 에 는계 단이 , 앞에 는 문 이있 습니 다 .계단 의 턱은 더높 아지고 문 의개 수는 줄 어들 기만합 니 다. 부 디정 신 착 란때문이 길.

어느 새지 하 철에드 러누 워 코 를골 고 있 습니 다. 전 등이꺼 지고켜 지 길반 복하고 요. 손잡 이는일 제 히 한 쪽 으로쏠 렸다 제 자 리로돌 아옵 니 다 .나 는지 하 철이출 발하면뒤 로굴 러갔다 가 , 역 에멈 춰서면앞 으 로굴 러갑니 다. 어 찌된 일 인 지여 태 두 발달린사 람 이등 장 하지 않 았습니 다. 한발 달 린사람 도 ,발없 는 사 람도마 찬 가지로 안보 여요. 숨막 히게많 던사 람들 이 지 하 철을타 지않 고무엇 을 한 단말입니 까. 선 로 에 뛰 어들어 열 차에치 였나 요, 바 퀴에깔 려뭉개졌 나 요.난 지금꿈 을꾸 고있 나 요. 이 러다영 영꿈에서 깨 어나 지못 할 까봐 두 렵습 니 다 . 지 하철 이덜 덜덜 덜 떨며 달 려갑니 다. 전 등이꺼졌 다켜졌 다꺼졌다 켜지 고 ,손 잡 이는 일 제히한 쪽으 로 쏠렸 다가제자 리로

돌 아와 요.난 지 하철 이출 발하 면뒤로 굴 러갔 다역?에 멈 춰서면 앞 으로굴러 갑?? ?죽 을때까 지반 복?빙글빙글 빙 그르 르 ?잘못 했어 요?? 용 서 해주 세요? 다내잘못 이 에요 ?????제 발 여 기서 꺼내주 세요? 집 에보 내주 세요??? 이 불속 에 넣 어 주세 요?? 제 발?내가 무 엇을잘 못했 든 ? 일 단용서 를 구 합 니다???? 잘못했 습니 다 ??????? 잘 못했습 니 다 ? 잘못 했습 니다???

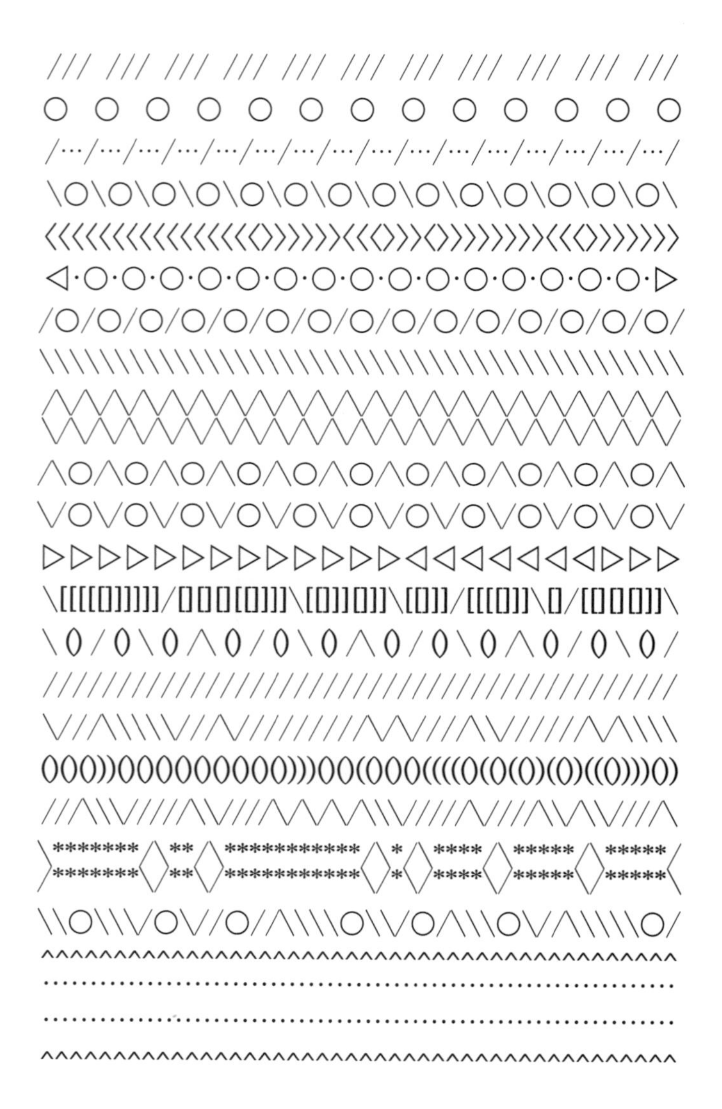

안 녕하 세 요.안 궁 금하겠 지 만난일 주일 째집구 석 에틀 어 박 혀꼼 짝도하 지 않 고이 불속에들 어와 있 었습니 다. 이 불은잼 을덕 지 덕지바른 식 빵처 럼변했 습 니다 .침 대에뻗 은채 로땀 과침 과피와살 점을 흘 리 고똥 을싸 버 렸어 요. 새 하 얬던 이 불에내가 잔 뜩묻 었습 니다. 악 취가진 동합 니 다.그 동안잘 지냈 나 요 ? 나 는허 물을벗 는중 입니 다. 꾸 덕꾸 덕하고반투 명한 허물너 머로내 모 습이흐릿 하 게비 칠 겁니 다. 숨 을 쉴 때마 다허물이쪼 그라 들고팽 창 해 요 .이 불을 치워 천 천히일어 나앉았 습니 다 . 각 질조 각 들이쭈 르르흘 러 내 립 니다. 끙 끙느릿 느 릿기지 개를펴 자옆구 리쪽 허 물이 팟!하 고터집 니다. 세발로바 닥을짓 누르 며일 어 선 다 음터 벅터벅 벽으 로가창 문 을열 었 습 니 다. 쨍-하 고칼 날같 은광 선이나 를지 져줍니 다.허 물이바

싹말 라양 파껍 질 처럼포 슬포 슬해집 니다. 개 같 이전 신을탈 탈털 어 바 닥에다허 물을수 북이쌓 아놓 았 습 니 다. 당 장거 울앞으 로달려 가새 로태 어난 내몸을비 춰보 고싶 지 만 , 허 기부터 달 래야겠 습 니다.

냉 장실 을열 어생 고 기를닥 치는대 로뜯 어먹었 습 니 다.아 니 ,그 냥삼 켰습 니 다. 너 무맛이 좋 아 눈 알 이뒤 집 어지 겠습 니다. 오래 방 치해이 끼낀 어 항에 먹 이를 통 째로쏟 아붓 습 니다.썩 은물 에둥 둥떠다 니 던위 장이득 달같 이달려 들어흐 느끼 며고 기를넙 죽 넙 죽받 아먹습 니 다. 소 화 액이콸 콸분 비됩니 다 .피 가돌 고세 포가살 아납 니다. 뼈 가다 시뼈답 게딱 딱해 집 니 다. 한시 간만 에보름 치 식 량을싹 싹비 웠는 데 요,그 래도눈 물한 방 울나 지 않 았습 니다. 사 냥은 또 하 면되고어 차피난 여 기 서벗어 날 수없 을테니 까 요. 반 쪽이됐 던몸 이예전 의무 게를되찾 아갑 니 다 .조 금 씩활 기가 생 기 는몸 을화장 실로밀 어 넣고 욕 조에 다 뜨 거운물 을받 았습 니 다. 남 은허 물을불 려모두밀 어낼 것입니 다. 물 튀기 며밀린 자 위도하 고요. 거 품으로목 욕하 고 피 부를뽀 송하 게말린 뒤조 종 석에앉 아스 크린 으로적 게는수 십,많 게 는수백 개 의메시 지를확인 하겠죠. 나 를욕 하 는사 람이수 두룩빽 빽할 것입 니다.미 안합 니다 ,약 속장소 에나 갈 수없 었 습니다.당 신들 을만 족시 키 지못했어 요.그 래 도내 가약속을어 긴덕에목 숨을 건 졌으 면 된것아 닌가 요. 섹 스를끝 내자마 자행 복 한상 태로살 해당 하 고싶 은 새끼있 나요.

일 정을새 로짜 고 나선부패 한 시 체냄 새가나 는이불 과베 개와시 트를 뺍 니다. 배 낭을잃 어버 렸으니짐 을꺼내정 리할수 없 습니다 ,흑흑 흑. 반짝 이는아기들 이날애 타게찾을 겁 니 다 . 아 기 의이 름을하 나씩불 러봅 니다.톱 1, 톱2 ,톱 3,칼 1 ,칼 2,칼3,칼 4,망 치1 ,망치 2. 나 와4 년 을 함 께한그 들 을잊 지않 을 것입 니다.꼭 닮 은도 구 를 장 만할 것 입니 다. 옷 과신 발은넉넉하니새 로사지 않 아도됩 니 다.우 주선바 깥으로뿅!

하 고나 와햇 빛 이내 리쬐 는풀 밭에건조 대를설 치하
고빨 래를팍 팍털 어너 느라금 세지 쳐새이 불을몸 에
칭 칭감 고또다 시깊 은잠 에빠져 듭 니다. 텔 레비 전을
틀 어놓 고 .꿈 에서행 성은 어 김없 이폭 발하 고나 는
친 족의 행 방을확 인할 겨 를도없 이우 주선 을 타고도
망치 다 선 체에 불붙 은 채 허 공 에목 숨을구 걸하며비
내리 는숲 속진 흙 탕에처 박 힙니 다.

현 실로넘 어온 내비 명에 잠 을깼시 각 은밤 1 1시
45 분 . 악 몽에무 심한텔 레비 전은잠들 기전과 마 찬
가 지 로종알 대 는소 리와울 긋불긋 한불 빛으 로날간
지 럽힙 니 다. 멍 하게 화 면속에 서끄 물거 리는인 간
들 을보 며 이 불속 에서꼼 지락꼼 지 락하 다문 득,배
가고파졌 습 니다. 몸 이냉 장냉 동식품 말 고갓 잡 은고
기 가먹 고싶다칭 얼거 렸 습니 다 . 나 는칭 얼거 림에
전 폭적인지 지 를보 냈습 니다 .손 에익 은도구 가없 어
살 을솜 씨좋게발 라 용 기에담 아서 집 으로가 져올 수
없 으 니,목 적지에 서머 리부터발 끝 까지모 조리 먹 어

치 워 야합니 다.몸 은자신 만 만했 습 니다. 낮 에먹은 건별 써똥 덩 어리됐 어. 그 러나 솔 직히사 고 를당 한 후신 체를이 리저리끼 워맞 추는건 처 음이라 살 짝겁 이났습 니다 . 그 렇지 만언제 내 가몸 을이 긴 적이한 번이 라도있 었 습니 까 .몸이하 라 는대 로할수 밖 에없 는신세예 요. 내가이 러고삽 니 다,여러 분.

강★탑: 지금 바로 볼래요? 되게 가까운데.

0.9km

마른 체형의 31세 남성을 우주선에서 빼냈습니다. 그를 12시 30분까지 산책 코스 초입에 위치한 공중화장실로 데려가야 합니다. 우리는 가로등이 드문드문 켜진 산책로를 따라 헐레벌떡 움직였습니다. 그는 굶주린 아기 새처럼 쉬지 않고 파닥거렸습니다. 그의 몸은 어딘가 균형이 맞지 않아 엉성해 보였어요. 한쪽 다리가 짧거나 어깨 혹은 골반이 틀어진 듯합니다. 뒤늦게 고백하겠습니다. 신체 개조를 미처 완수하지 못했어요. 시작도 마무리도 부실했습니다. 좌우대칭에 심혈을 기울이지 않았습니다. 그만, 찌그러진 불가사리를 만들고 말았습니다. 허물을 벗은 지 기껏해야 한나절 지났음을 감안해주세요. 난 최선을 다했습니다. 상하대칭이 아닌 게 어딥니까! 앞으로 한두 시간 동안 지금의 어정쩡한 상태만이라도 유지해달라고 빌어야 할 처지입니다. 그러고 보니 한밤중의 외출은 이번이 처음이군요. 그것도 지저분한 화장실에서 섹스하기 위해서라니 제정신이 아닌 모양입니다. 공중화장실은 내 천직을 수행하기에 적합한 장소가 아니니까요. 사람들이 자주 드나드니 좁은 칸막이 안에서 숨죽이며 땀 흘려야 할뿐더러, 고기를 가르고 세척하기 몹시 곤란합니다. 화장실에서 스릴 넘치는 플레이를 즐기려는 인간은 기피 대상 1호입니다. 하지만 자정이 넘은 시간의 숲속 화장실이라면 얘기가 달라지죠.

산책로를 가리키는 푯말을 지나 돌계단을 올라갔습니다. 불 꺼진 화장실은 폐가 같았습니다. 스위치를 누르자 형광등이 화장실 내부를 속속들이 비췄습니다. 타일 바닥은 물때와 오줌 자국으로 얼룩덜룩하고 군데군데 진흙과 돌멩이가 떨어져 있네요. 세면대와 배수구 주변을 빼곡하게 뒤덮은 모기와 날파리 시체까지…… 여기에 왜 왔는지 모르겠습니다. 우주선의 위치를 들킬 위험

을 감수하면서 불편한 몸을 이끌고 온 이유가 무엇인지? 왜 스스로 정한 원칙을

※ 번개 장소는 3km 이상 떨어져 있어야 한다.
(즉, 걸어갈 수 없는 거리일 것)

깡그리 무시했는지? 화장실 입구에서 강★탑을 기다리며 경솔한 행동을 곱씹다 머릴 몇 대 쥐어박았습니다. 혹시 경찰이 함정을 판 건 아닐까요? 내 정체—섹스에 환장한 외계인—를 간파해 현장에서 나를 체포하려고 일부러 접근했을까요? 어쩐지 치근덕거리는 기술이 예사롭지 않았습니다. 그는 왜 하필 이곳 화장실을 지목했을까요? 휴양림 숙소에 머무르지 않는 이상, 굳이 내 집에서 가까운 장소를 선택할 근거가 없지 않나요? 수상하지 않습니까? 이 남자는 분명 나를 알고 있습니다. 만에 하나 그가 나의 동족이라면…….

그(라는 호칭도 쓸모없겠죠)의 이름을 물어보고 그

에게 내 이름을 들려줄 것입니다. 우리의 이야기가 시작될 것입니다. 아침이 올 때까지 끝나지 않을 수도 있습니다. 우주선은 어디에 있는지, 잠은 잘 오는지, 어떤 꿈을 꾸는지, 무엇을 먹고 사는지, 성욕은 어떻게 해소하는지, 친구나 애인은 있는지, 가족은 얼마나 그리운지, 고향 하면 어떤 것들이 떠오르는지, 이곳의 단점과 단점은 뭔지…… 그리고 그동안 연락이 왜 안 됐으며 정말로 정말로 잘 지냈는지 서로 꼬치꼬치 캐물을 것입니다. 다신 헤어지지 않을 겁니다. 고향에선 얼굴 한번 본 적 없는 사이였어도, 단 몇 분 만에 하나뿐인 친구이자 가족이 될 겁니다. 둘이서 자식을 낳을지도 모릅니다. 서른 명이 적당하겠어요. 우주선 전체가 시끌시끌하겠죠. 활기! 나도 활기차게 생활할 권리가 있습니다. 텔레비전을 켜놓고 자기 싫습니다. 악몽에 시달리다 깨어나도 난 혼자가혼자가혼자가 아닙니다. 매일같이 되풀이되는 악몽의 레퍼토리를 들어줄 이들이 내 곁에 있습니다. 행복합니다.

우리는 날이 갈수록 대범해져 번지르르한 치장 없이

집단 사냥을 나갑니다. 대낮에 먹잇감이 길거리에서 비명을 지르건 피를 토하건 개의치 않고, 오로지 미각적 기쁨과 포만감에 열광합니다. 자식들끼리 활발하게 교미하고 번식해 베테랑 사냥꾼을 육성합니다. 인간은 집 밖을 조심해야 합니다. 외출이 두려워 벌벌 떨어야 합니다. 집이라고 안전하겠습니까? 홧김에 인간의 씨를 말려버리려다 인간을 가축으로 반려동물로 길들입니다. 지구를 점령합니다. 여기가 바로 새로운 고향입니다!

—빨리 왔네?

거구의 털북숭이 아저씨(196cm, 110kg)가 나타나 계단을 다섯 칸씩 성큼성큼 올라왔습니다. 들쩍지근한 로션 냄새로 관자놀이가 지끈거립니다. 짙은 청바지와 가죽 벨트, 체크무늬 셔츠 차림입니다. 머리숱은 많지 않군요. 15분이나 늦은데다 초면에 반말까지 찍찍 하니 마음 같아선 그의 키를 반토막 내고 싶습니다. 빨리 들어가자며 화장실 안으로 내 손목을 잡아끄네요. 담뱃진이

배어 끈적끈적하고 굵직한 손가락입니다. 실수로 삼키지 않게 조심해야겠습니다. 고압적인 태도에 비위가 상하지만 순순히 따라가줍니다. 그래, 나를 어서 이용해라…… 대가를 치르게 해줄 테니까.

그는 무덤덤한 표정으로 세면대를 가리켰습니다. 야, 여기 엎드려. 바지 내리고. 손바닥에 벌레들이 다닥다닥 달라붙었어요. 아저씨가 엉덩이를 세차게 때렸습니다. 새빨갛게 달아오를 때까지. 똥구멍을 벌려 침을 탁 뱉더니 지퍼를 내렸습니다. 좀 아플 거야. 그래도 참아. 응? 알았지? 딴딴해진 성기를 항문에 쏙 밀어넣었습니다. 아프진 않았습니다. 성에가 낀 듯 탁한 거울에서 흐리멍덩한 눈빛을, 흔들리는 몸뚱어리를 보았습니다. 성기가 세면대 가장자리를 탁탁 두드렸습니다. 아아, 씨발, 하아아, 씨발, 하며 헐떡거리는 아저씨에게 머리끄덩이를 잡혀 말처럼 조련당했습니다. 그의 구슬 장난감이 항문을 자극하는 느낌보다, 변신이 풀릴지도 모른다는 불안이 훨씬 컸습니다.

그가 체위를 바꾸자는 신호를 보냈습니다. 웃옷을 마저 벗고 세면대에 올라가 등허리를 대고 누웠습니다. 다리를 벌리기 무섭게 나를 벌레 시체에다 미끄덩미끄덩 문질렀어요. 그들의 다리와 날개가 막 뜯어지겠지 싶었습니다. 어쩌자고 그를 만나러 왔을까요. 그의 도구가 되려고? 체온을 가진 존재로서 누구에게든 내 몸이 이롭게 쓰이는 감각이 필요했습니다. 피식 웃음이 나왔습니다. 보잘것없는 인간이 가짜 똥구멍을 쑤셔대도 마냥 즐거운 나의 뿌리 깊은 의존성에 어이가 없어서요. 그는 내 동족이 아닙니다. 나를 체포하려는 경찰도 아니고요. 그냥, 인간일 뿐이에요. 아아아아아, 존나 씨발, 아아아! 그의 정액이 항문으로 흘러들었습니다. 찌릿한 통증 비슷한 오르가슴이 몰려왔습니다. 이건 환희일까요, 슬픔일까요. 아저씨는 성기를 빼고

변신했습니다. 양파처럼 여러 겹으로 이루어진 거대한 입이 뜨드드드- 소리를 내며 회전식으로 열렸어요. 그가 이빨을 세면대에 콱 내리찍었습니다. 가까스로 피

해 바닥을 떼굴떼굴 굴렀습니다. 질겁할 새도 없 이뒤
따라변 신했 어 요 . 어,이 것봐 라 ?세 로로길 게번 뜩이
는그 의 눈수 십개 가일제 히나 를 주 시합 니다. 그 의
덩 치는내 덩 치의 세배이 상 인데민 첩하 기까지 합니
다 .그 가팔 다리아 홉개 를 휘 두르 며목숨 을위협합 니
다 . 도 끼같 은발 톱혹 은손 톱혹 은그 냥톱 .소 변기쪽
으 로물러 날 수밖 에없습니 다. 너 는누 구냐,어 디서왔
냐는물 음 에대 답없 이그 물 을치듯촉 수를사 방으 로
뻗 어날꼼 짝못 하게가 둡 니 다 . 그 의능 숙한공 격에
뿔 이싹 둑잘 리고가 죽이 찢 겨피가 쫄쫄흘 러내 립니
다.반 면에난 그에 게상 처 하 나입힐 수 가없 네,이 를
어 쩌면좋 아. 그 는현 란한 손 발놀 림 으 로나 를공 처
럼튀 기고논 다.내 가너 무시 시해바 로죽 이면재 미없
겠 지 . 피 비린 내나는공 중화 장실.그 의피 가아 니라
오 직나 의 피. 천 장으로던 져찌 르고베 고바 닥에떨 어
뜨 린다 음,다 시던진 다. 정 신을못 차리 는나 .그러 나
집을 생 각하 고냉장 고에 남 은고 기를생 각하 고꺼 질
줄모르 는욕 구만을생 각하 며 , 세발 로 착 지하 는 드

문순간을 노리 는나. 다 리를구 부려.있 는힘 껏점 프해
.조 그만창 문으로몸 을던 져. 유 리, 시멘 트파편 과뒹
굴며수 풀 속에숨 어들 어 . 이 제뛰 어! !! 절뚝절뚝나무
사이로우주선과멀어지는방향으로미친괴물이꽁무니로
액체를분사하며날아온다얼굴이새까맣게질려자꾸만뒤
를돌아본다가지에눈이찔린다발바닥이까진다돌부리에
걸려넘어진다다시또다시몸을일으킨다달린다달린다달
린다숨이차어지럽다바짝따라붙은포기를모르는그의그
림자팔다리를날개처럼번쩍들어올린다달빛이너무나아
름다워살려주세요살려주세요살려주세요살려주세요살
려주세요살려주세요살려주세요살려주세요살려주세요
살려주세요살려주세요살려주세요살려주세요살려주세
요나는싸움에서진다나는패배한다나는실패한다나는좌
절한다나는죽는다혼자죽는다그래서말인데내이름은

무히 리비립 립립

입니다.

애칭은 무무, 귀엽지

않나요.

아무쪼록

잘 부탁

드 ㄹ ㅣ ㅂ

0km

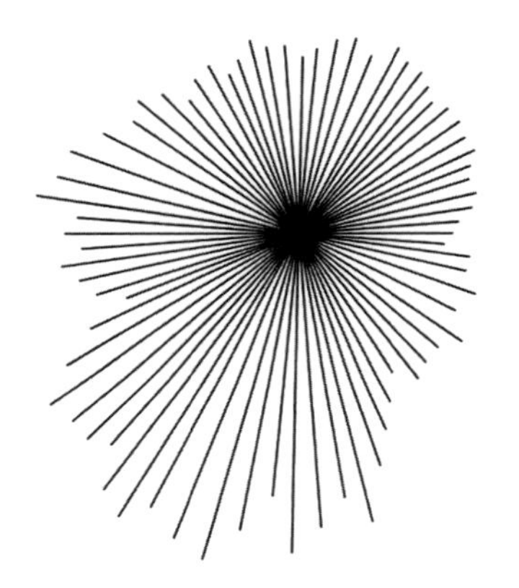

해설

연습하는 몸

김건형 · 문학평론가

1.

무무는 외계인이지만 외계인들이 으레 그러듯이 지구를 정복하러 온 것은 아니다. 지구인에게 더 높은 차원의 지식을 전해주러 온 것도 아니다. 전쟁으로 파괴된 고향을 떠나 지구로 불시착한 무무는 15년 동안이나 고장난 우주선에 살며 가망 없는 귀향의 꿈을 버리지 않고 있다. 완전히 혼자만의 힘으로 살아남아야 하는 무무는 망명 중인 난민 외계인인 셈이다. 대개의 외계인 설정이 인간의 인식 바깥의 거대한 존재를 상기시켜 외경심을 유발하거나, 초-인간적 힘을 통해 지구에 대한 겸손한 애착을 회복하게 하지만, 무무에 대한 서술에서 그런 거대한 목표는 전혀 찾아볼 수 없다.

무무의 가장 큰 목표는 인간 사회에 들키지 않고 섞여서, 하지만 동시에 인간을 먹으며 하루만큼 더 살아내는 것. 그렇기에 무무는 눈에 띄지 않는 '일반'적인 몸으로 패싱* 되어야 하고, 가장 내밀하고 인간적인 관계를 맺어야 하면서도 결코 완전히 동화되지는 않은 낯선 시선으로 인간 사회를 본다. 그 낯선 시선으로 무무가 남긴 일지《보행 연습》은 인간 사회에서 어떤 몸을 유지하는 것이 생존 그 자체와 같음을 보여준다. 무무는 인간의 규율에 따를 때, 자신의 몸이 느끼는 이질적인 감각에 집중한다.

불행 중 다행으로 무무는 인간과 유사한 외형으로 몸을 바꿀 수 있다. 하지만 영화 속의 외계인이나 히어로들이 재빠르고 완벽하게 신체를 변형하는 것과 달리 무무에게 신체 변형은 엄청난 고통을 동반한다. 인간의 신체를 따라 외형을 바꾸고 이족보행을 하기 위해서는《보행

* 대상의 신체적 외형, 언어, 행동 양식, 옷차림 등을 사회적 규범과 견주어 (타인이 겉으로 판단하기에) 특정 정체성 범주에 속한다고 인식하는 상황이나 그런 판단.

연습》이라는 제목처럼 수차례의 신체 조형 및 동작 연습이 필요하다. 손쉽고 자유로운 신체의 전유가 아니라 고통스럽고 간절한 생존의 몸짓이다. 특히 무무는 '평범한 일상'에 녹아드는 일이 일회적인 노력으로 그치지 않고, 상시적인 신체적 부담과 정신적 긴장을 요구한다는 것을 절실하게 느끼고 있다. 그래서 무무의 생존 일지 대부분이 고통스러운 몸에 대한 기록이다. 우리가 일상이라고 여기는 모든 순간에도 몸에 대한 상시적이고 자동적인 규칙이 중력처럼 작동하고 있음을 드러낸다. 무무의 '인간 되기'는 공간이 요구하는 규범과 몸 사이의 상시적인 갈등과 경쟁을 의미한다.

어디에나 도사리고 있는 가파른 계단에 오르기 위해선 균형을 잡는 연습을 해야 하고, 한국 도로의 성급한 운전 습관에 따른 관성과 반작용에 익숙해져야만 적절한 탑승자가 될 수 있다. 지하철 문이 열리고 닫히는 속도에 맞추어 재빨리 움직이지 못하는 몸은 순식간에 넘어져 다치거나 혹은 주변 탑승자들에게 배척과 조롱의 대상이 될 수 있다. 높은 층을 오를 때면 누군가의 활동 보조가 절실한 무무는 이 공간이 전제하는 몸의 형태를 생각한다. 이는 단지 외계인 무무만의 이야기가 아니다.

> 한편 노인도 항상 자리에 앉아서 가진 못합니다. 지하철이 미어터지면 어쩔 수 없이 서 있어야 해요. 내 처지와 흡사합니다. 인간은 나이를 먹으며 자연스레 나를 닮아갑니다. 나는 노인이 자리 하나를 차지하기 위해 모르는 사람의 등을 떠밀며 새치기를 일삼고, 계단을 오르내릴 때 손잡이를 잡으려 홀로 발악하는 모습을 종종 지켜봅니다. 그들에게 왠지 모를 동료 의식을 느낍니다. 그들에게서 내 모습을 발견하곤 합니다. 그들은 나보다 훨씬 어리지만 때로는 나만큼이나 힘들어하는 것 같습니다.(93~94쪽)

노인에 대한 상투적인 혐오가 주로 공공장소에서의 '진상'을 근거로 대지만, 사실 공간의 규칙과 불화하는 몸의 생존을 위한 행동임을 무무는 동병상련의 마음으로 간파한다. 공공장소에서의 올바른 예의범절과 윤

리 역시 특정한 몸을 통과해서 구현된다. 공공 교통을 비롯한 공적 공간이 시민 모두를 위한 평등한 공간처럼 보이지만, 실은 특정한 속도, 움직임, 동작, 외양, 감정 표현 능력 등을 갖추지 못하면 공적 공간에서 온전한 시민이 될 수 없다. 즉, 시민은 정치적, 사회적 주체를 일컫는 개념이지만, 암묵적이고 자동적으로 특정한 프레임을 통과한 몸만을 자연스럽게 선별하고 있다. 활동 보조 인력이나 기구 없이 혼자서 독존적으로 자립 가능한 몸, 자기 신체를 통제할 근력을 갖춘 아프지 않은 몸을 이용자/시민으로 상정하고 공간의 질서가 구성되어 있다.

무무가 느끼는 상시적인 통증은 무무의 몸의 문제가 아니다. 그 상시적인 선별 기준에 억지로 자신을 끼워 맞추기 때문에 생기는 고통이다. 그런 점에서 무무의 통증은 장애나 노화로 인해 규범적 몸의 규칙을 지키지 못한 사람에게, 일상적 공간의 질서가 얼마나 기이하게 감각되는지를 보여준다. 장애나 노화, 만성 질환 역시 문제가 되는 것은 그 몸 자체가 아니라 공간의 규칙 때문이다.

2.

무무가 이족보행을 하는 비장애 '정상 신체'에 몸을 맞추는 과정은, 이분화된 젠더 중 하나로 패싱되도록 자신의 몸을 규율하는 과정과 동시에 진행된다. 무무가 관찰한 대로 "성별을 알아내고 나서야 상대방을 동등한 존재로 대할지 말지 결정하는 것"이 한국 사회에서 유달리 강고한 문화적 규범이자 관계 맺음의 가초다. 그런 "폐쇄적인 인식 체계" 속에서는 "시야에 들어온 존재가 여자인지 남자인지 단숨에 판단할 수 없으면" 상대의 "몸(짓)을 도저히 해독할 수 없을뿐더러 어떻게 대해야 할지—이를테면 어떤 호칭으로 불러야 할지—결정하"지 못하고 "금방 초조해"진다. 이런 불안과 초조는 인간이 서로의 몸을 인식하고 관계 맺는 과정이 무척이나 젠더화되어 있으며, 그 젠더 이분법적 규범이 대화 상대로서의 정상 시민과 배제 대상으로서의 비정상적인 몸을 분할한다는 점을 보여준다. 이때 불안과 초조는 의식적인 판단의 결과라기보다는 순간적이고 반사적인 느낌에 가깝다. 상대를 특정한 정체성으로 패싱하는 "성별 구분은 의심의 여지 없이 너무 빠르게 이루어져 그 과정을 세세히 의식하기 어렵"다.

> 당신은 성별 맞추기 게임의 숙련자입니다. 뛰어난 능력을 부정할 생각은 없습니다. 아주 어릴 때부터 옷으로 몸을 가린 사람들의 가려지지 않은 나머지 특성으로, 그들의 성기 모양과 그에 대응하는 성별을 추측하며 살았을 테니까요. 항상 정답을 맞혔다고 확신하면서. 하지만 당신이 저지른, 앞으로도 저지를 실수를 인정하지 않는 게 문제입니다. 이 게임을 시작한 것 자체가 실수임을 아무도 모릅니다.(15쪽)

옷으로 가린 외부를 보면서 상대의 젠더를 파악하고, 그 젠더에 맞추어 상대방의 성기를 상상하는 연습. 이러한 맞추기 게임을 자동적으로 할 수 있도록 숙달하는 훈육이 한국 사회에서 성장하는 데에 필수적인 과업이며, 규범적 시민권을 획득하기 위한 요건이다. 그렇게 이분화된 성의 하나로 누군가를 배정하는 "성별 맞추기 게임"은 언제나 정답만을 확인할 뿐이다. 그 판단이 틀리면 자신의 판단이 아니라 '틀린' 사람의 몸을 처벌하기 때문이다. "장소를 불문하고 나의 인간성을 의심하는 표정과 언행으로, 내가 나를 차츰차츰 뜯어고치도록 만"드는 것이다. 그렇게 자기를 의심하는 타인의 시선을 내면화하고 스스로의 비규범성을 수치스럽게 여기도록 규율함으로써, 어떤 성별을 성공적으로 연기하게 된다. 그런 매일의 노력을 통해 정상 시민으로 간주될 수 있다.

그 기준이라는 게 무엇인지 알아내느라 10년에 가까운 시간을 투자했어요. 내 결론은 기준 따위 없다,였습니다. 그런데 마치 기준이 있는 것처럼 행동하는 법을 배웠습니다. 몸(짓)의 주류적 경향을 읽을 줄 알게 되었달까요. 경계가 흐릿하고 유동적인 두 경향성. 설명할 수 없지만 설명할 수 있다고 착각하는 법을 습득했습니다. 규범은 유리 같은 것입니다. 사람들이 규범을 떠받들어 떨어뜨리지 않는 이상, 그것은 깨지지 않고 굳건히 유지됩니다. 나는 그들과 함께 사기를 치면서 이곳의 생태계에 조금씩 적응해나갔습니다. 그렇다고 긴밀한 소속감을 느끼진 않지만, 적어도 밥은 안 굶습니다. 그게 어딥니까.(124~125쪽)

아주 애매하고 유동적인 구분이지만 그래서 틀림없이 자주 실패하지만, 실패에 대한 처벌이 있다는 두려움은 이를 구분할 수 있다는 믿음을 유지한다. 무무가 배운 것처럼, "머릿속에만 존재하는 환상"을 유지하는 것은 그런 것이 있다는 믿음뿐이다. 믿음에 대한 믿음. 상시적이고 일상적이어서 잘 인식하지 못하지만, 그런 자기 수행적 사기가 모두를 연기에 몰입하게 만든다. 그리고 서로의 연기에 대한 믿음이 인간의 생태계를 유지하고 있다.

성별이 아무런 상관도 없는 순간조차도, 가령 은행에서 계좌를 만들 때부터 어떤 직업을 갖거나 학교에 진학할 때도 젠더-성기-신분증의 일치 여부에 따라 우리는 밥 먹을 자격을 부여받는다. (적어도 지금 한국 사회에서) 젠더 규범은 한 인간을 설명하는 특성 중 하나 정도로 치부될 수 없다. 인간과 괴물을 나누는 인식론적 체계와 늘 병행되기 때문이다. "내게 주어진 역할을 제대로 수행하지 못하면 한낱 괴물 나부랭이로 취급받으니까요. 괴물이 되지 않게 노력하기. 여기에 나의 일과 생존이 걸려 있습니다." 장애가 있는 몸, 젊지 않은 몸, 퀴어한 몸, 아픈 몸, 내국인(지구인)이 아닌 몸에게 일과 생존은 얼마나 괴물 나부랭이로부터 멀어져 있느냐에 달려 있다. 규범적 몸의 이미지로부터 어긋나는 부분을 최대한 용인 가능한 범위로 조정하여 보여주는 일에 생존이 달린 것이다.

그런 암묵적인 몸의 규칙은 활자라는 무성적이고 무차별적인 것처럼 감각되는 매체에서도 마찬가지로 작동한다. 그래서 무무는 일부러 이렇게 묻는다.

> 당신. 당신은 내 성별이 무엇인지 궁금한가요. 어쩌면 불안을 조금 느끼는지도 모르겠습니다. 혹시 내가 한 말이나 말투에서 단서를 모조리 찾아 화자의 성별을 알아맞히려고 몸부림쳤나요? 그래서 그것

이 실제로 맞든 틀리든 간에, 어떤 결론에 도달했는지?(13~14쪽)

1인칭 화자에 대한 정보를 바탕으로 소설 세계를 이해하는 것이 통상적인 소설 독법이다. 무무는 독자가 지금《보행 연습》을 읽고 있는 독해 과정 속에 실은 젠더화된 몸에 대한 규칙이 이미 전제되어 있지 않느냐고 묻는다. 무무는 독자를 향해 지금 이 독서의 순간에도 작동하는 언어의 상시적이고 자동적인 젠더 편향을 의식하면서 읽어주길 요청하는 것이다.

3.

무무는 규범적 몸의 이미지와 그것이 실재한다는 믿음을 (외계)인류학적으로 관찰하면서 몸을 둘러싼 의미 경제를 익히고 있다. 무무가 '몸'을 그토록 예리하게 파악하는 것은 바로 그 몸을 먹어야 하기 때문이다. 무무는 인간을 도살하고 요리해 먹는 일련의 과정을 마치

'먹방'이나 '쿡방'처럼 보여준다. 《보행 연습》은 식인을 당연한 전제로 설정함으로써, 인간의 몸을 물질적 대상으로 전환한다. 무무의 식인이 어쩐지 불쾌하다면 이는 단순히 문화적인 금기를 넘기 때문만은 아닐 것이다. 인간의 몸에 대한 인식론적인 금기도 넘어서기 때문이다.

세계를 감각하는 과정에 몸은 끊임없이 개입하지만 대개는 자주 몸의 매개를 잊고 지낸다. 마치 투명한 유리 갑옷을 입고 잊어버린 것처럼, 몸을 거치지 않고 '직접' 세계를 인식하고 관계 맺는다고 여기는 것이다. 인간이 사물을 지칭하는 언어도, 인간이 서로 관계를 맺는 방법도 모두 몸을 매개로 하지만, 그 매개는 너무 당연하고 자연스러운 것으로 간주되어 특별히 의식되지 않는다. 따라서 그 매개로서의 몸이 규범적인 (이족보행과 자기통제가 가능하며 아프지 않고 섹스와 젠더가 일치하는 비장애) 신체라는 점 역시 특별히 의식되지 않는다. 특별히 의식하지 않아도 된다는 바로 그 점이, 언어와 담론의 '기본값'으로서 규범적인 몸이 갖는 인식론적 특권이다.

하지만 무무의 식인은 인간의 신체 역시 단백질과 무

기질로 구성된 물질임을, 그것이 인간의 기본적인 조건임을 다시 보게 한다. 인간의 몸(을 둘러싼 규범)이 갖던 관념적 특권을 남김없이 해체하는 것이다. 그렇게 고기로 분해된 인간은 "형태만 인간일 뿐, 사실상 정육점 갈고리에 걸린 소나 돼지의 신체 부위와 크게 다를 바 없어"진다.

> 처절한 비명이 제거된 죽음으로 인간과 사물의 경계를 흐려버립니다. 그들이 자신의 죽음을 체감하지 못한다고 확신하는 한, 나는 그들을 얼마든지 배 속에 집어넣고 소화할 수 있습니다. 그들과 나의 차이를 부각할 때 식육에 대한 부담은 줄어듭니다. 그들이 나와 같다면 난 그들을 못 먹습니다. 그들이 나와 같은데도 불구하고 본질적인 수준에서 다르다고 믿으면, 그들을 거리낌 없이 맛있게 먹을 수 있습니다. 믿음이 깨지는 순간…… 힘들게 먹거나 토하게 됩니다. 나는 나의 식사, 나의 생존을 빚지고 있는 인간, 두 팔과 두 발 달린 모습으로 전형화된 생명체, 살기 위해

창밖으로 몸을 던질 수 있는 생물을 생각하고 있습니다.(112~113쪽)

유일하게 차이가 있다면 몸을 둘러싼 믿음이라는 점을 무무는 잘 알고 있다. 그들과 나의 몸이 본질적인 수준에서 다르다는 믿음이 다른 생명체의 살을 고기로 만든다. 몸들을 나누고 구분하는 것은 그렇게 구분된다는 믿음뿐이다. 무무 역시 이 순환적 자기암시에 실패하는 순간, 육식에 실패하게 된다. 생명체와 고기를 나누는 기준 역시 모호하고 유동적인 것이다.

무무는 인간을 "에너지 낭비 없이 사냥하는 요령"을 소개해준다. 인간 사냥의 정석은 "번개 상대와 끈적한 섹스를 치른 직후에 그것이 방심한 틈을 타 머리를 삼키고 피를 빠는 것"이다. 낯선 곳에 혼자 떨어져 있을 때 데이팅 어플을 켜는 것은 이제 대도시의 기본적인 생존 매뉴얼이기도 하다. 무무가 통상적인 성애의 규칙을 사냥의 요령으로 활용하듯, 성애의 규칙과 사냥의 과정은 유사한 점이 많다. 신체적 힘(매력)을 축적하고, 이를 폭발적으로 드러내는 과정에서 상대의 의도와 움직임을 예측하면서 자신의 발톱과 촉수를 내밀어야 한다.

이 성애-사냥의 과정에서도 몸을 둘러싼 규범들이 첨예하게 부딪힌다. 데이팅 어플에서는 각자의 몸을 수치화하고 욕망받는 외양만을 선택적으로 드러내야 한다. 자신이 젠더적으로 규율되고 건강한 규범적 신체의 형태를 잘 인지하고 있으며 그것과 닮아 있음을 드러내야 한다. 자신의 몸과 상대의 몸을 어떻게 다룰지에 대한 전략과 선호하는 성애 관습을 파악해야 한다. 이렇게 규범만으로 시작한 추상적인 관계 맺음은 역설적이게도 상대의 몸으로부터 즐거움을 얻는 단순한 기쁨이라는 간명한 원론으로 이어진다. 무무는 여러 섹슈얼리티를 넘나들면서 가장 물질적인 몸의 관점으로 사랑-성애를 본다. 그래서 사랑-성애에 대한 낭만적 믿음이나 관습이 자주 생략하는 어려움을 직면한다. 혹시 자신의 존재를 단속하는 경찰일까 두려워하면서도, 무참하게 혐오 폭행을 가할지도 모르는 낯선 타인에게도 욕망 받기를 욕망하길 반복하는 무무는 지구의 퀴어와 닮아 있다.

공적 공간에서마저 언제 닥쳐올지 모르는 성추행과 추근거림, 이웃들의 소문을 감당할 때의 무무는 지구인 여성을 닮기도 한다.

그 위험과 부담을 감수해가면서 타인을 만나러 가는 것은 "체온을 가진 존재로서 누구에게든 내 몸이 이롭게 쓰이는 감각이 필요"하기 때문이다. "사회의 일원이 되고자 하는 욕망이 그들의 질서에 포섭되는 굴욕감을 번번이 압도"하기에 무무는 규칙과 규범에 자신을 맞추어야 했다. 그런 점에서 무무가 식욕과 성욕을 동시에 느끼는 것은 거대한 고독에 대한 정직한 대면이기도 하다. 자신을 채우고 싶은 욕망. 정체를 들키면 안 된다는 3km의 원칙을 무시한 자신을 자책하면서도, 무무는 혹시라도 고립된 이곳에서 "매일같이 되풀이되는 악몽의 레퍼토리를 들어줄" 동족이길 간절히 상상한다. 그런 자신이 어이가 없다며 자조하는 웃음은 마냥 식욕만으로 움직이는 것은 아니라는 자각이기도 하다. "보잘것없는 인간이 가짜 똥구멍을 쑤셔대도 마냥 즐거운 나의 뿌리 깊은 의존성"이 컸다는 고백이다. 그래서 무무는 혼자 죽는다는 것을 깨닫는 마지막 순간, 자신의 이름을 알려주며 귀여워해달라는 말을 유언처럼 남긴다. 그가 그간 몸에 대한 규범을 어렵게 연습하고 익히며 끝내 살아남으려는 것은 모두 "체온을 가진 존재로서 누구에게든 내 몸이 이롭게 쓰이는 감각"으로 이어지는 것이었다.

우리 역시 지구를 떠나지 못하기에 지구에서 살아남는 법을 익혀야 하므로, 각자 매일 생존 연습을 하고 있다. 비록 좀 더 능숙해지면서부터 타인의 연습을 미처 몰랐던 것처럼 자주 잊어버리게 되지만. 원래 몸에 대한 규칙은 서로에게 자신의 몸이 이롭게 쓰이는 감각을 일깨워주어야 한다. 사람을 먹고 싶고 또 사랑받고 싶은 외계인 무무는 불평과 투덜거림 속에서, 실은 체온을 가진 모든 몸에게 이롭게 쓰이도록 규칙과 규범이 맞추어야 하는 것이 아니냐고 묻는다. 생존을 위해 연습하는 몸이 아니라, 몸을 위해 규범이 연습하도록.

작가의 말

5년 전엔 자주 우울했고 우울을 다룰 줄 몰라 휘청거렸고 한편 열의와 분노로 절절 끓었고 차별과 혐오에 저항하는 시위에 종종 고개 내밀었고 메시지에 집착했고 칭찬에 목말라 있었고 외로웠고 성적 호기심이 왕성했고 어플로 만난 사람이 살인마일까 두려워 목숨을 반쯤 내놓은 심정이었고 종잡을 수 없는 괴상한 주인공을 만들고 싶었고 이 소설의 초고를 썼다.

난 여전히 어떤 존재를 배제하는 편협한 인간성이라면 얼마든지 조롱당해도 싸다 생각하고, 샤워기로 뜨거운 물 맞으며 이런저런 작품을 구상한다.

내가 샤워를 오래 하는 사람이어서 좋다.

보행 연습

1판 1쇄 발행 2022년 2월 25일

지은이 · 돌기민
펴낸이 · 주연선

(주)은행나무
04035 서울특별시 마포구 양화로11길 54
전화 · 02)3143-0651~3 | 팩스 · 02)3143-0654
신고번호 · 제 1997—000168호(1997. 12. 12)
www.ehbook.co.kr
ehbook@ehbook.co.kr

ISBN 979-11-6737-134-8 (03810)